JN151962

村の怖い話

黒木あるじ
卯ちり
小田イ輔
神 薫
神沼三平太
黒 史郎
つくね乱蔵
鶴乃大助
戸神重明
内藤 駆
中縞虎徹
真白 圭
丸山政也

竹書房
怪談
文庫

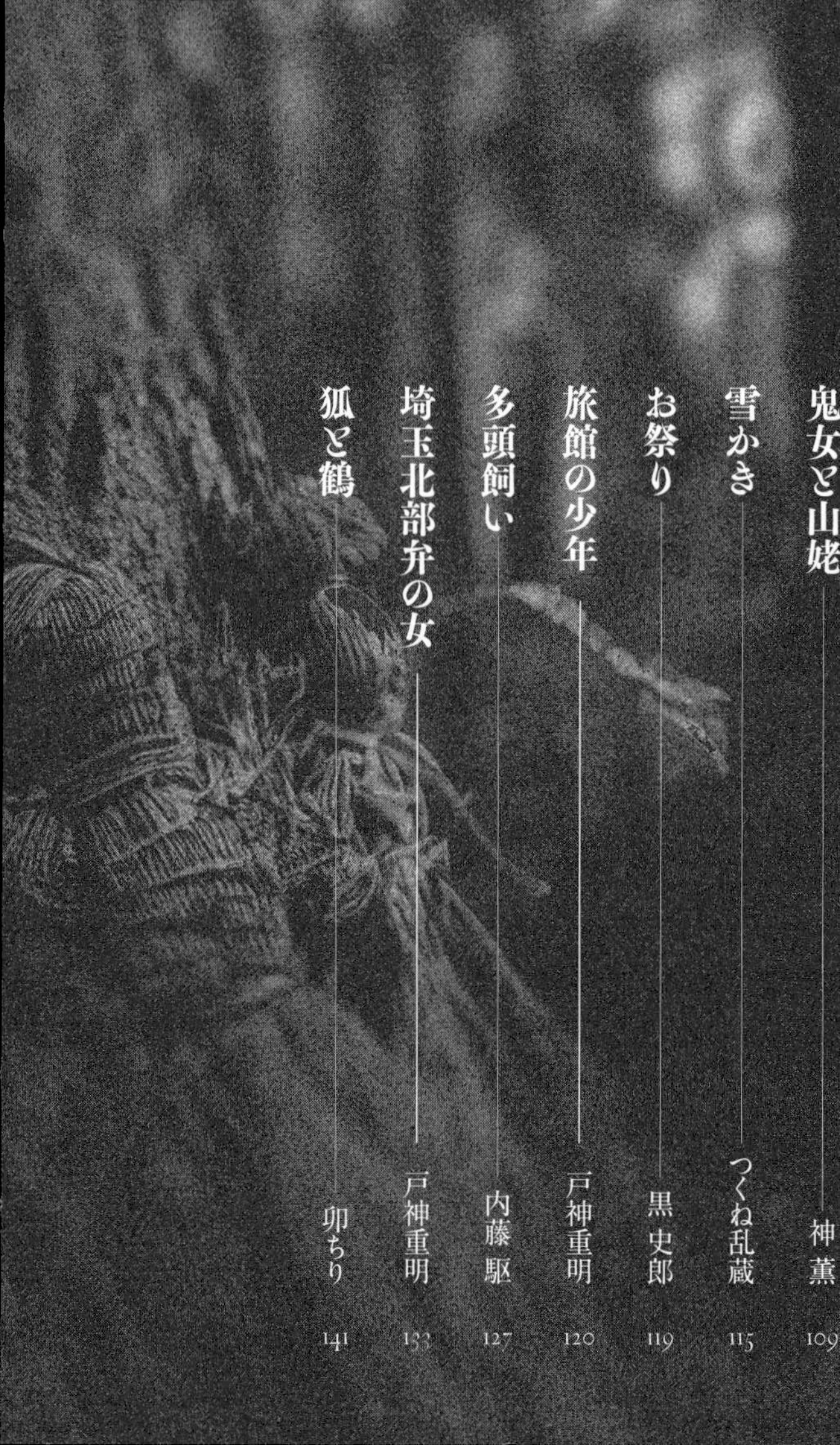

※本書は体験者および関係者に実際に取材した内容をもとに書き綴られた怪談集です。体験者の記憶と主観のもとに再現されたものであり、掲載するすべてを事実と認定するものではございません。あらかじめご了承ください。

※本書に登場する人物名は、様々な事情を考慮してすべて仮名にしてあります。また、作中に登場する体験者の記憶と体験当時の世相を鑑み、極力当時の様相を再現するよう心がけています。今日の見地においては若干耳慣れない言葉・表記が記載される場合がございますが、これらは差別・侮蔑を助長する意図に基づくものではございません。

村の怖い話

人間ではない

つくね乱蔵

高木さんの母は、中部地方のとある村出身だ。

生家も残っており、今は祖母が一人で暮らしている。

以前は馬や牛も飼っていたらしく、かなり大きな家だ。

祖父が存命中は農業を続けていたのだが、現在は自給自足できる分だけの米や野菜を育てている。

高木さんは、小学生の頃に何度か訪ねただけだ。中学から高校にかけては父の転勤により、一度も行けていない。

大学を卒業し、社会人となり、結婚し、ようやく訪ねることができた。

幼い頃に見た風景がそのまま残っており、少し涙ぐんでしまったという。

祖母の家も全く変わっていなかった。

やたらと広い玄関、日当たりの良い縁側、掘り炬燵《ごたつ》のある居間。

全てに何かしらの思い出が染みついている。祖母が昼食を作っている間、高木さんは庭に降りた。

今回訪問した理由の一つ、以前から気になっていた小屋に向かう。

実を言うと高木さんには、その小屋で見知らぬ男が暮らしていたという記憶がある。

ただ、使用人にしては様子がおかしかった。そもそも、使用人を雇えるほどの余裕は無かったはずなのだ。

特に気にすることは無いのだが、何かの拍子に記憶が蘇る時がある。

何度も見たせいか、情景が鮮やかに頭に浮かんでくる。

そうすると、しばらくはそればかりを考えてしまったりする。

いわば、心に刺さった小さな棘《とげ》のような思い出だ。

高木さんは、祖母に会いに行くついでに、その棘を抜こうと思い立ったのだという。

最初の記憶は、今日と同じような夏まで遡《さかのぼ》る。

昼前から茹《う》だるような暑さになっていた。家の中も蒸し暑い。

母は祖母の畑仕事を手伝いに出ている。暇を持て余した高木さんは、庭を抜けた先に見える雑木林に向かっていた。

一人で行ってはいけませんと言われていたが、花や蝶々を見るぐらいなら良いだろうと思ったのだ。

庭の隅に、その小屋があった。風を入れるためだろうか、小屋の戸が開放され、中が見えていた。

広さは二畳程度、床板はなく、剥《む》き出しになった土の上に薄い布団が敷いてあった。

その上で作業着姿の見知らぬ男が胡坐《あぐら》をかいて、ぼんやりと前を見ていた。

ミカン箱の上に食器らしきものが置いてある。

幼かった自分は、確かこう訊いたのだ。

「おじさん、だれですか。おばあちゃんのおともだち?」

男は黙ったまま高木さんを見た。全くの無表情だ。

目が合っているのに、何も見えていないかのようだ。

何度か話しかけたが、一言も返ってこない。身動きすらしない。

高木さんは会話をあきらめ、小屋から離れて歩き出した。

あの人は何者なんだろう。おばあちゃんの知り合いかな。もしかしたら、ちょっと休んでるだけかな。でも、布団とか食器とかあったしなぁ。あそこに住んでいるのかな。おばあちゃんに訊いてみたいけれど、雑木林に一人で行ったのがバレてしまうかもしれない。

散々悩んだ末、高木さんは無理やり忘れることにした。

それ以来、祖母の家を訪れる度に、そっと小屋を観察にいった。

男は常にいた。最初と同じく、布団に座り、黙ったまま外を見つめている。

何年経とうが、状況に変化がない。さすがにこれは異常だ。

もしかしたら、これって心霊現象だったりして。

記憶はいつもそこで、結論が出ないままループする。

さて、あれから二十年経った今、あの男はいるだろうか。

いるわけがないとは思うが、もしもいたとしたら。恐怖と好奇心半々で歩いていった。

ああ、いる。いるわ。

二十年前と全く同じ。作業着で布団の上で、ぼんやり前を見ている。

この世の者ではないのは確実だが、見慣れているせいか特に怖くも何ともない。

ただ、さすがにこのままでは終われない。ああいるわ、で帰るわけにはいかない。

高木さんは思い切って祖母に訊いてみた。

昼食の話題としては些《いささ》か異様ではあるが、祖母はあっさりと教えてくれた。

この辺りは土地が狭くて貧しかった。どの家でも、長男だけが相続できた。

次男から後の男や女性は、土地を捨てて出て行くか、無報酬の労働力として家に飼われるかしかない。

戸籍にも入れられず、名前も無く、学習の機会も無い。

当然、結婚もできず、村の行事にも参加できない。死んだ時も葬式すら無かったらしい。

人間として扱われなかった存在、それがあの男なのだ。

「いつから居るか分からない。私がここに嫁いできた時には、あの小屋にいた。あなたと同じように、あれは何ですかと訊いたら、酷く驚かれてしまってね。私やあなたと違って、皆には見えなかったのよ。それでも、あの小屋を壊そうとすると、怪我や病気をしてしまうと伝えられてきたから、そのままにしておいたそうよ」

あの男が小屋に居続ける理由は分からない。

もしかしたら、自分が死んだのを気づいていないのかもしれない。

成仏させてあげたいが、名前も分からないから、手の打ちようがない。

線香や花を供え、お経をあげたこともある。けれど、何も起こらなかった。

考えてみれば、宗教の意味なんて知らないのだろうから、当然といえば当然なのだ。

「とりあえず、あれは小屋にいるだけだから。悪さとかはしないし、気にしなくてもいい」

祖母はそう話し終えた。

おかげで高木さんの心の棘は抜けたが、また違う棘が刺さった気がしたという。


それから二年後。

高木さんは母親になった。初孫を見せるため、祖母を訪ねた。

祖母は涙を流し、喜んでくれた。

小屋はまだそのままだった。相変わらず男もいる。

高木さんの夫には見えないようだ。

田舎は良いなぁ、こんなところで暮らせたら素敵だろうねなどと、呑気なことを言っている。

そんなのんびりした家族の前に、人として生きられなかったものがいる。

少しだけ胸が痛む。けれど、どうしようもない。


その翌年。

高木さんに二人目の子供が産まれた。

祖母は二人目の孫を抱いて、また泣いて喜んでくれた。

九十歳近くになるのだが、相変わらず元気で、玄孫まで頑張ると張り切っている。

「けどあれね、長男くんはお母さん似だったけど、次男くんはお父さん似ね」

その瞬間、高木さんは気づいた。いつの間にか、あの男が祖母の背後に立っている。

男は祖母の腕の中の次男をじっと見つめている。

高木さんは震える声で、祖母にそっと言った。

「おばあちゃん、あれが後ろから見てる」

祖母も気づいたらしい。抱いていた次男を高木さんに渡した。

男は音も立てずに移動し、次男を見つめ続ける。

どうやっても離れようとしない。とうとう、高木さんの自宅にまでついてきてしまった。

今現在も男は高木さんの次男を見つめている。

何も起こってはいない。普段と同じ生活が営めている。

ただ、男がじっと次男を見つめているだけだ。

ありとあらゆる方法を試したが、どうしても成仏してくれない。

隠蔽《いんぺい》

鶴乃大助

数年前に筆者の私が、数多くの伝承が残る東北の集落を訪ねた時の話になる。

伝承の中心となる神社の氏子で、代々神社を管理する「鍵家《かぎや》」と呼ばれる家の当主、前田さんに車で集落に点在する伝承の舞台を案内してもらった。文献や写真だけでは伝わらない、土地が醸し出す雰囲気を堪能しながら、行政の力を借りずに伝承の地を守る集落の苦労話も聞かせていただいた。

予定より長居したので、そろそろ礼を述べ集落を後にしようかと思った時だった。

「最後に、もう一カ所どうですか」

既に知ってる場所は全て案内してもらったはずなので、前田さんの意外な一言に、私は胸を高鳴らせ、是非お願いしますと頭を下げた。

前田さんの案内で再び車で移動し、たどり着いたのは集落の外れにある墓地だった。何の変哲もない墓地の片隅に、築三十年ほどの御堂があり「ここだ。さあ、どうぞ」と中へ案内される。御堂は小さな寺の本堂と変わらぬ広さで、日頃から人が集まるのかテーブルと座布団が並べられている。

「まあ、その辺にでも楽にして座ってけろ」

御本尊であろう仏像の前で、前田さんとテーブルを挟んで腰を下ろす。

「さてと――」

ブルゾンのポケットから私の名刺を取り出した前田さんは、指で【怪奇譚蒐集・執筆】と書かれた肩書きをなぞりながら、ゆっくりと語り出した。

「ここに、お宅さんを連れてきたのは、ちょいと聴いてほしい話があってね。御堂の前に地蔵さんがあったでしょう。それに関する話なんだが……」

元々、御堂は年老いた僧侶が住んでいた庵《いおり》だったという。その僧侶が亡くなり、老朽化した庵を新しく御堂として立て直すことになった。

「その時な、古い庵の前に、重なり合って並んでいた古い地蔵を動かしたんだ。それで初めて分かったんだが、全部の地蔵さんの体に十字が彫ってあったんだ」

――十字の模様が体に？

「そう、地蔵さんの背中にな」

自分の背中を肩越しに、指さす前田さん。

「そしたら、それを見た集落の連中から『ウチの石さも十字があるぞ』て言い出すのも現れてな」

数軒の家では庭にある古い石にも、同じような十字が彫られていた。その家の者達は皆、石の傷程度にしか思っていなかった。

謎の十字は、たちまち集落の噂となり騒ぎを巻き起こした。

すると、この騒動に答えを出すべく一番の長老が重い口を開いた――。

嘗《かつ》て一つの村だった集落は、藩政時代の初期に流刑地だったという。

ある時、西国で捕らわれた地位の高い隠れキリシタン達が、遙か遠く離れたこの村へと連れてこられた。キリシタン達は、教養を活かして村の人々の生活を手伝い、仲良く過ごしていたそうだ。しかし、藩の命令で河川工事に従事することになり、その現場で他の労働者に禁じられていた布教活動を行った。結果、藩に見つかり全員が処刑された。

地蔵の体に刻まれた十字模様は、そのキリシタン達が彫った十字架だというのだ。

「この話で、またまた大騒ぎよ。そしたら集落の長《おさ》のオヤジがとんでもねえ事したんだ」

集落の長は、十字架が彫られた地蔵と庭石を全部集めて、地中深くに埋めてしまった。地蔵を埋めるという不信心な行為に反対する者も多くいたが、賛成派の仲間を率いて強引に地蔵を埋めたという。

「俺も反対したよ。だけど、長のオヤジは集落に罪人が住んでたという証拠を、消し去りたかったんだろうな。そこでだ――」

身を乗り出し話を続ける前田さんに、こちらも続きが気になり身を乗り出す。

「地蔵さんを埋めるのに関わった集落の連中が、しばらくしてから次々と病院送りになったんだ」

重機で穴を掘り埋める作業に関わった者、集落の長に同調し声高く「埋めてしまえ」と叫んだ者、全ての関係者が農機具の下敷きになり大怪我を負い、卒中で倒れ、心臓発作を起こした。

「終いには、埋めると言い出した長のオヤジが、畑で倒れてそのままポックリよ――」

最後の一言を言い終えると、前田さんは口を噤《つぐ》んだ。

――お祓いとか、やったんですか？

「誰もが崇りだって怯えたからな。坊さん呼んで、しっかりやったよ」

僧侶を呼んでのお祓いが功を奏したか、入院していた者達は次々と快方に向かい退院した。

「まあ、それ以来この集落じゃ、この話は誰も口にする者はいなくなったんだ。地蔵の崇りが怖いのと、死んだ長のオヤジと同じ気持ちで、村の歴史を恥だと思ってるんだろう」

メモする手を止め、黙って頷く私に前田さんは質問をしてきた。

「お宅さん、こういう話が専門なんだろ。やっぱり、これは崇りかね」

――地蔵を埋めて関係者が倒れ、亡くなるというのは不自然ですし、それに対して皆さんが恐れを感じたなら、崇りと言えるんじゃないですかね。

「だよなあ。誰も怖いと思わなかったら、タダの偶然だもんな。あ、そうそう。この話、使えるなら書いてくれ。だけど、場所は伏せてな。オレも崇られちゃ怖いからね」

肩をすぼめて笑みを浮かべる前田さんに、あることを尋ねてみた。

――地蔵は掘り返したんですか？

「いや、それが掘り返したくても、掘り返せねえんだよ」

――え？　どうして。

「だって、この下に地蔵さんを埋めて、御堂建てちまったもんだから。ほれ、お宅さんが座ってる尻の下だよ。地蔵さんは——」

この一言で、急に座り心地が悪くなった感覚を今でも憶えている。

かみながし

黒木あるじ

わたしの実家は山形県のO市なんですよ。はい、西瓜《すいか》で有名なあの場所です。いちおう自治体としては市になるんですが、わたしが住んでいたのは山あいの集落、一般的に〈村〉と呼ばれるような地域でした。実際、住民は「オラんとこの村」なんて言ってましたからね。行政が決めた区割りと住人の感覚には隔《へだ》たりがあるんでしょう。で――その集落に昔、ちょっと不思議なおばあちゃんがいまして。

オナカマってご存知ですか。

そうです、目が見えない女性の巫女《みこ》さんです。青森のイタコが有名ですけど、山形はオナカマという名称なんですよね。そのオナカマさんが近所にいたんですよ。

知らない方には「そういう巫女さんって、死者を憑依させるんでしょ」とか「呪術で誰かを呪うんでしょ」なんて怯えた表情で訊かれますが、それは大きな誤解なんです。たしかに、オナカマは死んだ人の声を代弁する〈口寄せ〉もおこないますけど、それは担っている仕事のごく一部だし、彼女たちが得意とするのは〈呪い〉ではなく〈呪い《まじな》〉なんですよね。わたしたちが日常的に使う〈おなじない〉とおなじ作法にすぎません。わたしの村にいたオナカマも、主な仕事は〈まじない〉と〈ご託宣《たくせん》〉でした。

なんでも、彼女は若いときに出羽三山《でわさんざん》で厳しい修行をされたそうで。その霊験なのか「とにかく的中する」「ご託宣がすこぶる当たる」と有名な人だったんです。

ですから集落の人間は失せ物や体調不良、あるいは人間関係の困りごとなどがあると、きまってオナカマさんのところへ行くんですよ。具合が悪くなったときも、病院へ行く前に「まずはオナカマさ訊いでみろ」なんて言われる始末でね。評判を聞きつけてわざわざ県外から訪ねてくる人もいましたし——あんまり大きな声では言えないんですが、地域の有力者もいろいろと相談していたようです。

はい、わたしの家でもお世話になりました。今日はそのときの話をさせてください。

中学生のとき、我が家でちょっとした事件が起きまして。

母親が「泥棒が入った、オラのヘソクリが盗まれた」と騒ぎだしたんですよ。

聞けば、母は一万円の束を封筒に入れて仏間の桐箪笥《きりだんす》にこっそり隠していたらしいんですね。その封筒が、気づいたら煙のように消えていたというんです。

「嫁入りのときからコツコツ貯めてたのに。いったい誰が盗んだんだべな」

夕食の席で、母は聞こえよがしにそんな科白《せりふ》を連呼しました。要するに父やわたしを疑っていたわけです。けれど、父もわたしもヘソクリの存在自体を知らないんです。そもそも盗めるはずがないんですよ。そんなの、当然ながら喧嘩になりますよね。

「家族を泥棒あつかいして、なに考えでんだオメエは！」

「だったらどうしてゼニが無くなってんだず。おかしいべや！」

売り言葉に買い言葉、父も母もどんどんヒートアップしたあげくに「だったらひとつ、オナカマさ犯人を教えてもらうべ」との結論に至りました。先ほど申しあげたとおり、それほど村ではオナカマさんに対する信頼が厚かったんです。

そんなわけで翌日、わたしたち家族は彼女の〈お屋敷〉を訪ねました。

屋敷といっても便宜上そのように呼んでいただけで、宗教がかった施設に住んでいたわけではありません。彼女が暮らしていたのは、ごく普通の住宅です。

〈お屋敷〉と同様、彼女は身なりもきわめて平凡でした。色褪せた野良着とモンペに、後ろで束ねた白髪。辛うじて巫女さんらしいのは手首に巻いた数珠《じゅず》くらいでしょうか。彼女は両親とわたしを座敷へ招き入れると、祭壇前の座布団に腰を下ろしました。「目が見えないのに、なぜ座布団の位置が判るんだろう」と、内心で驚いたのを憶えています。

やがて場が落ちつくのを見計らい、母が口を開きましてね。

「二、三日前に箪笥を確認したらよ……」

ムッとしている父とわたしを横目でちらちら見ながら、母はヘソクリ紛失の経緯を訥々《とつとつ》と語りました。オナカマさんはなにも言わず、皺《しわ》だらけの顔に笑みを浮かべていましたが、まもなく母が「そんなわけで、誰が盗ったか教ぇでけろ」と説明を終えるなり、

「盗《ぬす》っ人《と》だの、いねぇ」

こともなげに答えたんです。

「もっぺん探してみろ、一円も欠けずに見つかっぺさげ。あとは家族仲良くな」

そう言うと、あとはもう無言のまま。にこにこと笑っているばかりで。

母は「でも、本当に無いんだよ」と何度も抗弁したんですが、それでもオナカマさんは「数珠鳴らさねぇでも判る。まずは家族みんな仲良くしろ」の一点張り。結局、家族みんなが狐につままれたような心持ちで〈お屋敷〉をあとにしたんです。

するとその日の夕方。

「あああああっ！」

突然の大声に驚いて、わたしが仏間へ駆けつけると——バツが悪そうに、封筒を両手で握りしめた母が立っていまして。はい、失くしたはずの現金があったんですよ。

どうやら数ヶ月前にヘソクリを確認したとき、なにかのはずみで封筒が抽斗《ひきだし》の裏側に落ちてしまったみたいで。つまり、オナカマさんの言葉は正しかったわけです。

その夜——父が集落の寄り合いから帰ってくるなり、母は玄関まで駆けていって謝罪しました。その様子を眺めながら、わたしは「あれだけ濡れ衣を着せられたのだから、父も簡単には許すまい」と、さらなる修羅場を覚悟していたんです。ところが——。

父はしばらく考えこんでから「ま、誰さでも間違いはあるから」と笑って、その場をいなしました。短気な父にはあるまじき温厚な態度に、わたしは思わず「なんでよ」と訊いちゃったんです。すると、父はちょっと恥ずかしそうな顔で、

「〝家族仲良くしろ〟と言われたからな。破ったら、どんな目に遭うか判らねえべ」

その言葉に、わたしは改めてオナカマが村で果たす役割を実感したわけです。

ちなみに翌日、わたしたち家族はちょっと豪華な外食をしました。食事代は、もちろん

母のヘソクリです。

すいません、前振りのつもりでずいぶん脱線しちゃいましたね。

では、今度こそオナカマにまつわる、すこしゾッとした体験談を話したいと思います。

わたしが二十歳のときの出来事なんですけど。

ある朝、すさまじい高熱で目を覚ましたんです。

近所の病院に行ったところ、軽い肺炎ではないかと診断されまして。医師からは「しばらく静養すれば回復する」と言われたんですが、貰った薬はいっこうに効かず、なかなか体調も戻らずじまいで。そうしているあいだにも咳や呼吸がどんどん辛くなって。

これはすこしヤバい気がするぞ。街場の大きな病院に行ったほうが良いな——。

なんて朦朧《もうろう》とする頭で考えていたところ、いきなり母が「オナカマに見でもらえ」と言いはじめましてね。「娘が苦しんでいるのに神頼みはないでしょ」と抗議したんですが、前回のヘソクリ騒動がよほど強烈だったのか、母も頑として折れないんです。仕方なく、わたしはフラフラになりながら、数年ぶりに〈お屋敷〉を訪ねたんですよ。

「あれま、久方ぶりでねえか。大きくなったな」

玄関を開けるなり、ちょうど手洗いから出てきたばかりのオナカマさんが、こちらに顔を向けてそう言いました。でも、まだ挨拶すらしていないんです。見えないのだから誰が来たかなんて判るはずがないんですよ。

驚きつつも、わたしは以前とおなじく座敷へ通されました。すると、オナカマさんはこちらが座布団へ座るや、自分の手首へ何重にも巻いていた数珠をほどいて手に挟むと、やおら祝詞《のりと》ともお経ともつかない呪文を唱えはじめたんです。

ちょっと、まだなんにも相談してないんだけど——。

不思議に思ったものの、なにせ高熱にうかされていますから、疑問を口にする余裕などありません。わたしは畳に手をついたまま、黙ってその様子を見守っていました。

するとおよそ五分後、ふいに呪文が止んで。

オナカマさんは長々と深呼吸をしてから——。

「本家だな」

ひとこと、ぼそりと低い声でつぶやきました。

たしかに我が家は分家筋で、本家にあたるのはおなじ集落の別な家なんです。でも、それと高熱にいったいなんの関係があるというのか。と、まるでこちらの疑念を見透かしたかのようにオナカマさんが言葉を続けました。

「お前《め》さまの本家で仏さんを大事にしねえさげ怒ってんだ。このままだど
助からねえぞ。

ぞくりと寒気をおぼえましたが、もはや熱の所為《せい》なのかオナカマの発言の所為なのか自分でも判りません。震えているわたしをよそに、オナカマは座ったまま背後の祭壇へ腕を伸ばすと、蝋燭の脇に飾られている一体の古い雛人形を手に取りました。

「え、なんでそんなところにお雛さまが」

呆然としているわたしの前で、彼女は再びなにごとか唱えながら雛人形の顔や身体を紙で丁寧に拭《ふ》きはじめました。なんの変哲もない、茶道で和菓子を乗せる懐紙のような白い紙です。そのまま——二、三分もその行為を続けていたでしょうか。ふいに声が途切れ、紙を動かす細い指が止まって。

「よし、大丈夫だ。もう伝染《うつ》った」

静かに告げると、オナカマさんは紙を二つ折りにして、こちらへ差しだしました。

「洗い場さ、こいづを流せ。そうすれば明日には良くなるさげ」

ご託宣はそれで終了、あとはもうなにも教えてくれません。

わたしは半信半疑のままで礼を述べて〈お屋敷〉を出ると、帰宅するなりお手洗いに直行しました。流すにしても、なんとなく台所のシンクよりトイレのほうが詰まりにくいだろう——高熱のためか、そんなことをぼんやり気にしていたんですよね。

と、コートのポケットへ手をつっこんで紙を取りだした、次の瞬間。

「え」

思わず声が漏れました。

ついさっきまで純白だったはずの紙が、まだらに黒ずんでいるんです。

まるで煙突の内側を拭いたように汚れているんです。

手にしているのも恐ろしくなり、わたしは黒紙を便器に投げ捨てると、流水レバーを勢いよく下げました。黒い紙はしばらく水流へあらがうように踊っていましたが、二度、三度とレバーをいじるうち、ようやく渦に呑まれて見えなくなりました。

そして——それから一時間後も経たず、わたしの熱は嘘みたいに下がったんです。

あとになって知ったんですが、そのころ本家では娘夫婦と同居するため自宅の仏間を改築していたらしくて。で、それに伴い仏間に置いていた仏壇と位牌を納屋へ一時的に仕舞っていたというんです。おまけに改築をはじめたのは、ちょうどわたしが急病になる前日のことだというじゃないですか。

ええ、やっぱりオナカマは当てたんです。

その後ですか。

わたしが村を離れて嫁に行く前年、オナカマさんは老衰で亡くなりました。ご近所の方によれば、ご遺体が見つかったのは死んで数日後だったらしいんですが、発見される前日もお経をあげる声が外まで響いていたというんですね。

いいえ、それを聞いて怖がる人は誰もいませんでした。みんな「オナカマだったら有り得るべな」と妙に納得していましたね。

いまも里帰りした日の夕食では、あのヘソクリ騒ぎの話で家族一同盛りあがります。きまって思い出話の最後に、父も母も「オナカマさんが逝ってから、うちの村も寂しくなったよな」と、ちいさな声で言うんです。

両親の気持ちも、なんだか判るんですよね。風景がひとつ消えたようなものですから。

はい、そうです。野山も川も、そして人も人でないモノも、村の一部なんですよ。

女の子の思い出

中縞虎徹

佐藤さんが小学五年生だった頃の話。

当時、彼女が住んでいたのは山間の集落だった。

町場からはやや距離があり、家から学校まで小一時間かけて徒歩通学をしていたという。

「今なら親が送り迎えとかするんだろうけど、当時は皆歩いてたよ」

そのため、朝は早くに家を出、放課後はクラスメイトと遊んだりもせず帰路につく。

低学年の頃は近所に何歳か年上の子供達がいて、彼らとともに道草をしながら楽しく歩いていたそうなのだが、五年生になった年に最後の数人が中学に上がってしまったため、行きも帰りも一人になってしまった彼女は、寂しさを押し殺すようにして一人とぼとぼと登下校していた。

「中学に上がると部活とかあるから自転車通学が許されるんだよね。でも小学生のうちは危ないからダメって決まりがあってさ、中学生とはそもそも生活時間も違うから、私だけ一人取り残されちゃったんだ」

賑やかに登下校していた日々を思い出しつつ、変わり映えしない通学路に目をやりながら黙々と歩く日々。そんな中で出会ったのが「彼女」だった。

「ちょうど集落のある地区と町場の地区の境辺りに二階建ての家があって、その二階の窓から女の子が顔を出していたの」

佐藤さんよりも大分幼く、年は四歳か五歳ぐらい、幼稚園に通うような年頃の女の子。

たまたま目が合った際に手を振ってみたところ、嬉しそうに手を振り返してきたことがきっかけとなり、登下校の際に見かけると手を振りあう仲になった。

「あの子も私が通りかかる時間になると窓の所で待っててくれてたんだよね、こっちもそれがわかったから、必ず立ち止まって窓を見上げるようにしてた」

いつしか女の子は下校時になると家の裏庭まで出て来るようになり、短い時間ではあったものの、お話をしたり手遊びをするなど、佐藤さんと楽しい時間を過ごした。

「だからほんと、何も疑ってなかったんだよね」

そんな交流が半年ほど続いた頃、どこへ行ったものか女の子の姿が見えなくなった。

登校時に手を振りあい、下校時にじゃれあうことで一人通学の寂しさを紛《まぎ》らわせていた佐藤さんは、女の子になにかあったのではないかと心配になり、ある日、その家の玄関口に回ってインターホンを押した。

「そしたらお婆ちゃんぐらいの女の人が出てきてね『そんな娘いないよ』って言うの」

つい先日まで一緒に笑い合っていたのだからそんなわけはない、佐藤さんは子供なりに粘り強くこれまでのことを話したものの、老婆は取り付く島もなく「あんまりおかしいこと言うと学校に連絡するよ」とまで言った。

「『うちはお爺さんが亡くなってからずっと私一人だよ』って、そんなわけないのに何でそんな嘘を言われるのかわからなくて、泣きながら逃げたよ」

しかし、その一件を境にして、佐藤さんもおかしなことに気付いた。

「これ、どう言ったらいいのか微妙なんだけどさ、あの日『そんな娘いないよ』って言われて以降、当時のことを思い出すと、どういうわけかあの娘の頭がリアルな兎《うさぎ》に置き換わってるの、私の記憶の中で」

今でも女の子にまつわる全ての記憶が「兎の頭の子供」状態で思い出されるため、本当のところ自分と交流していた存在が人間であったのかどうかもあやしいと彼女は言う。

「楽しかった記憶は残ってるんだ、でも、窓から人間サイズの兎の顔が出てたら絶対手とか振らないと思う。ましてや話したり遊んだりもしてたわけで、さすがにね、無いと思うんだよね、兎の頭だったら。どういうことなんだろう。そもそも彼女は居なかったとして、いない存在と遊んでたってのは変だよね？　じゃあ仮に居たとして、頭が兎になってる子供なんているわけないんだし、それも変だよね？」

単に認知の問題であるのなら、何かショックなことがきっかけとなり異様な記憶の書き換えが起こった、ということはあり得るのかも知れない。自分の中で「確かに居た」存在を頭から否定されてしまった結果、それに合わせるように記憶の方を「居るはずのないもの」に書き換えてしまった、とか。

「うーん、わかんないけど、その説明だとどうあれ『彼女は居た』ってことになるじゃない？　確かに居たのに居ないって言われたから『居るはずの無いもの』として記憶を書き換えたってことでしょ？　そうするとお婆さんの言ってたことが嘘ってことになるよね？」

しかし事実として、佐藤さんはそれから一度も「あの娘」に合っていない。

「ほんとに何だったんだろうなって未だに何度も思い出すよ、でもね——」

そう言って佐藤さんは少しだけ沈黙し、言葉を続けた。

「なんかさ、大人になるにつれ、だんだん怖くなって来てるんだ。あの娘が本当に居なかったんだとしたらそれはそれで怖いし、あるいは本当に居たんだとしてさ、本当に兎の頭の女の子と遊んでたんだとして、子供の頃はそれで良かったんだろうけど、今になって背筋が寒くなるっていうか、ホラ、小さい頃ってセミとかカマキリとか平気で捕まえてたじゃない？　今素手で掴める？　でしょ？　そんな感じでね、忘れられない思い出なのに、思い出すたびに気持ち悪くなってるっていう……悲しいよね、なんか」

くだぎつね

真白圭

現在は個人でデザイン事務所を経営する佐々木さんから、こんな話を聞いた。
彼が以前、都内にある広告代理店に勤務していた頃の体験談である。

「いまから、四十年近く前のことだよ。当時、僕はデザイン企画部の部長をやっていてさ。まぁ、中小規模の広告代理店の、しがない中間管理職だったけど」

当時、日本はまだ好景気に沸いており、広告制作の仕事は多忙を極めていた。
そのため、デザイン企画部では常時人手不足だったという。
部長である佐々木さんですら、製図やイラスト作成を手掛けていたほどである。
そんな中、新人が一名、デザイン企画部に配属されることになった。
ミキさんという名の女性で、その年に美術大学を卒業した新入社員だった。

聞くと、彼女は東北のとある村の出身で、デザイナー職に憧れて上京したらしい。

「浮《うわ》ついたところのない、真面目な娘さんでね。デザイナーの仕事は覚えることが多いんだけど、熱心に先輩たちの話を聞いて、地道に頑張っていたよ」

仕事を多く抱えた社員の中には、早速ミキさんに雑務を頼もうとする輩《やから》もいた。

が、佐々木さんはそれを許さなかったという。

幾ら新入社員だとはいえ、ミキさんを雑用係にするつもりはなかったのである。

「まぁ、新人を良いデザイナーに育てることも、僕の役割だったからね。成長の糧にもならない雑務なんか、やらせたくなかったんだよ」

そんな上長の期待を感じてか、ミキさんも精力的に働いていたという。


ミキさんが配属されて、半月もした頃のこと。

少々厄介な出来事が、佐々木さんの職場で起こるようになった。

「と言うのはさ、やたらと窓に鳥がぶつかるんだよ。それも鳩《はと》とか鴉《からす》とか、割と大きな鳥がね。でも、それまではそんなこと、起こった試しがなかったんだけど」

佐々木さんの勤務先は、複数の企業が入居するオフィスビルの七階。

都会のビジネス街にあって、決して自然の多い場所ではない。

だが、何故か鳥が窓にぶつかり、衝突死するのである。

それも、一度こっきりのことではない。

少なくとも月に二、三回、窓ガラスが鳥の血で汚れるのである。

「それが困ったことに、ミキさんの席の真横にある窓ガラスにだけ鳥が突っ込んでくるんだよ。元々、新人の席は窓際と決まっていたんだが……何だか申し訳なくてね」

(ガラスの反射が鳥を引き寄せるのでは)と考え、窓にカーテンを新設した。

また、目立つ色のステッカーを窓ガラスに貼ってもみた。

が、すべて無駄だった。

色々と対策を講じるのだが、それでも鳥の衝突が起こるのである。

「結局、相手が鳥じゃ仕方ないってことで、一日中カーテンを閉め切っておくことにしたんだ。そうすりゃ、少なくとも鳥が死ぬ瞬間を見ないで済むから」

　それから半年ほど経った頃、佐々木さんは幾つかのクライアントをミキさんに担当させることにした。

デザイナーとして、責任ある仕事を任せてみようと考えたのである。

「お客さんに対しての受け答えもしっかりしているし、何より彼女は仕事の意欲が高かったからね。そろそろクライアントを持たせても、大丈夫だと思ったんだ」

実際、客先での彼女の評判は上々だった。

育ちの良さが現れるのか、彼女の顧客対応には礼節を欠いたところがなかった。

弁舌も朗々として、プレゼンをさせても淀みがない。

何よりも、彼女の仕事に対する真摯《しんし》さが、クライアントの好感を得たようだ。

が、――更に四半期が過ぎて、様相が変わった。

ミキさんが担当するクライアントからの仕事が、急激に減りだしたのである。

もちろん、広告業界にもおいても繁閑《はんかん》の波はある。

だが、そんな業界事情とは関係なく、彼女の仕事だけ売り上げが落ちているのだ。

「かと言って、客先でミスを犯したなんて話は聞かないんだよ。彼女のデザインしたポスターは出来が良いし、宣伝の企画立案もしっかりしていたしさ」

なぜ彼女からクライアントが離れていくのか、思い当たる節がない。

そこで佐々木さんは、複数の伝手《つて》を使い、客先の内情を探ってみることにした。

結果、幾つかの嫌な噂を聞くことになった。

——最近、クライアントの社内で怪我や病気が多発しているらしい。

しかもその殆どが、ミキさんと仕事上の関係を持った、クライアント側の広報担当者なのだという。

当初、それらはただの偶然だと棄てておいたが、次第に事の深刻さが増してきた。

ある顧客は、ミキさんと商談をした帰りに事故で重傷を負っていた。

また、彼女に仕事を依頼したすぐ後に、体調不良で入院した顧客も数名いた。

更に状況を悪くさせたのは、とあるクライアントの営業部長が急逝したことだった。

聞くと、その営業部長は自宅の書斎で亡くなっていたらしい。

状況から察するに、持ち帰った広告企画案を深夜まで精査していたようだ。

死因は心不全だったが、硬直した掌《てのひら》が一枚の印刷用紙を握りしめていたという。

それは——ミキさんが校正を行った、チラシ宣材の初校だった。

「そんなことでと思うかもしれないが……広告業界はね、意外と縁起を担ぐんだよ。『彼女に関わると危ない』なんて噂が、あっという間にクライアントに広がってさ」

やがて、その噂は佐々木さんが勤める会社の内部にも伝わってきた。

当然、会社の上層部で「彼女をデザイン企画部から外せ」との声が上がり始める。

が、部長である佐々木さんは、そう言った意見に悉《ことごと》く反対した。

偶然幾つかの不幸が重なっただけで、彼女には何ひとつ瑕疵《かし》がない。

それなのに、未来ある若者の夢や希望を潰すのかと、強く憤《いきどお》ったのである。

「だから、次の役員会で反論をしようと思っていたんだよ。『くだらない噂を真に受けるな！』って、怒鳴ってやるつもりでさ。だけどね……」

役員会が開かれる前日、佐々木さんは四十度を超える高熱を出して倒れた。

無理を承知で出社しようとしたが、どうしても身体が動いてくれない。

発熱が引いた後も、体調不良が続いて中々離床できなかった。

ひと月ほど経ち、漸《よう》く復調して出社すると——ミキさんが、会社を退職していた。

「……どうやら、人事課から異動命令が出たみたいでね。その数日後、一身上の都合で依願退職したと聞いたよ。彼女、デザイナーになれて喜んでいただけに、残念で」

彼女の力になれなかったことを、佐々木さんは強く悔やんだという。

それから二年ほど過ぎた年に、社内で大規模な忘年会が開かれた。

会社の創立三十周年を記念した、全社員の参集するパーティーだったという。

その会場で、佐々木さんはAさんという若手の女性社員と雑談をした。

聞くと彼女は、退職したミキさんと同期入社で、とても仲が良かったらしい。

「ミキさんには申し訳なく思っていたからね。彼女が退職したとき、どんな様子だったかをAさんに訊ねてみたんだ。『もしかして、僕を恨んでいたんじゃ？』って」

だが、彼女は静かに首を横に振ると、こんなことを言った。

「……ミキちゃんは〈くだぎつね〉の家系なんですよ。そのせいで実家に帰らなきゃいけなくなったって、悔しそうに言っていました」

――それは、どういうことだろう？

Aさんから聞いた説明の意味がわからず、佐々木さんは少し狼狽《ろうばい》したという。

特に〈くだぎつね〉という言葉は、初めて聞くものだった。

「私もミキちゃんに聞いただけですが、〈くだぎつね〉っていうのは憑き物の一種なんだそうです。彼女の家では……ずっとそれを祀《まつ》ってきたみたいで」

困惑する佐々木さんに対し、Aさんは言葉を嚙み砕くようにして説明してくれた。

彼女曰く、ミキさんの家は代々、村の名主《なぬし》を務めてきた一族なのだという。

その状況は現在でも継続されており、ミキさんの実家の男性は必ず村長や市長、県議会議員の職に就いている。

例に漏れず、ミキさんの父親も地元では有名な市議会議員なのだそうだ。

「ミキちゃん、『村の中で、うちの家に逆らえる人はいない』なんて言っていました。実質的に、村を支配している一族なんですって」

問題は、そこからである。

ミキさんの一族を支配者たらしめるもの、それは決して家名や財力ではなく――それこそが〈くだぎつね〉の能力なのだと、Aさんは言うのだ。

「なんでも、ミキちゃんの一族って本家には絶対に男の子が生まれないらしくて。だから、本家の当主は女性が継いで、婿養子を貰うのが習わしだって……」

そして――婿養子に入った男性は十中八九、若死にをするのだという。

実際、ミキさんが退職したのは、父親が危篤になったのが理由だったらしい。

急いで家督を継ぐよう、一族の人々から強く請願されたのである。

「ミキちゃんが言うには〈くだぎつね〉って……祭祀する一族を守る代わりに、その家にいる男の人の生命を吸収するんですって。だからミキちゃんのお父さん、まだ四十歳になったばかりなのに、あっさり死んじゃったみたいで」

退職後、手紙のやり取りでそれを知ったのだと、Aさんは教えてくれた。

「そこまで聞いて、やっと理解できたんだ。クライアントで人が亡くなったり、僕が突然倒れたりした理由がさ。多分〈くだぎつね〉は、ひとりっ子のミキさんに早く家督を継がせようとしたんじゃないかな……でないと、本家が途絶えてしまうから」

無論、〈くだぎつね〉がどういった存在なのか、その実態はわからない。

だが、もしかしたらそれは、ミキさんの家を永く繁栄させるという約束を、大昔にその一族と交わしたのではなかろうか？

そして、その約束の障害となるもの——

ミキさんを東京に留めようとするものすべてを、排除しようとしたのではないか？

事務所の窓に鳥が衝突したり、彼女のクライアントで次々と不幸が起こったのは、〈くだぎつね〉の仕業ではないかと、佐々木さんは考えている。

「きっと、デザイナーになるというミキさんの夢は、〈くだぎつね〉にとって邪魔だったんだと思うよ。……そのことに気がついたから、彼女は悔しがったんだろうね」

ミキさんの退職後、事務所の窓に鳥が衝突することはなくなった。
また、クライアントとの関係は修復され、会社の業績も元に戻ったそうだ。
ただ、——ミキさんがその後どうなったのか、佐々木さんは知らない。

鍵のかけ忘れにご用心

鶴乃大助

居酒屋を営む下村さんは、店を開く以前に知人が興《おこ》した事業のアルバイトをしていたことがある。

「かき氷とか、焼き鳥なんかを扱う移動販売の会社なんだけどね。俺、そこでタコ焼きの移動販売車を任されてたんだ。まだキッチンカーなんて、おしゃれなのが無い時代だよ」

平日はスーパーの駐車場で、週末は観光地の駐車場でと、タコ焼きを販売していた。

そんな数カ所ある販売スペースで、一番売り上げが多い場所があった。

そこは観光施設を中心に、郷土資料館と大きな公園が隣接した観光地の駐車場だった。

ここで下村さんは、怪しげなものを見たという。

「秋の連休にね、三日間続けて出店したんだよ。天気も良かったから人出も多くてね、売り上げも凄く良かったよ」

連休二日目のことだった。午前中から休憩なしでタコ焼きを売り続け、午後三時過ぎには店じまいをした。ゆっくりと後片付けをはじめ、全ての作業を終えたころには、常に満車状態だった駐車場も、関係者の車しか停まっていなかった。

「凄く忙しくて全然休んでなかったから、缶コーヒーで一服したんだよね。ボーッと、あぁ夕陽が綺麗だなあって思いながら、公園の方を見てたらさ――」

ひっそりと静まり返った公園に、ゆっくりと歩く人影があった。

中央にある池に向かって歩いているようだが、妙に動きが不自然だ。

疲れで放心状態だった下村さんは、その人に目の焦点を合わせてみた。

「よく見たら昔のロボットみたいで、動きが凄くぎこちなかったんだよね。カクカクした動きと言えばいいのかな――」

更に下村さんは、その人の様相にも違和感を覚えた。

「男だというのは、直ぐに分かったんだ。だって、ボサボサの髪に髭面だったからね――。それとね服が薄汚れてるというか、上下とも茶色っぽい作業服に長靴みたいの履いてさ。風貌からして、あそこの施設職員とかには見えなかったんだよね。だから浮浪者だと思ったんだ。公園には寝泊まりできそうな四阿《あずまや》や、大型遊具があるからさ」

下村さんは体の不自由な浮浪者だと結論づけ、その場を去ろうと踵《きびす》を返した。

すると観光施設の玄関先で、閉館準備に勤しむ施設職員の青年を見かけた。

「時々ね、挨拶を交わす兄ちゃんだったから、公園に浮浪者みたいな人がいるよって教えてあげたんだ。遊具に泊まって、火なんか使ったら危なくないかってね。そしたら、その兄ちゃん。血相を変えて施設の中に戻って、直ぐに上司みたいなオッサンと出てきたら、慌てて公園へ走っていたんだ。とにかく慌てたよ。でね、上司が兄ちゃんに『鍵！　鍵持ったか？』て聞いたんだよ。俺、鍵ってなんだよって思ったんだよね」

下村さんは釈然としないまま車へ戻り、駐車場を後にした——。

翌朝、早い時間から所定の位置に車を停めて、開店準備に取りかかった。

「天気のいい日で支度も早く終わったから、公園を散歩してみたんだ。何回も来てるけど、公園をゆっくりと歩いたことがなかったからね。まだ、お客さんも来てなかったから、とても静かだったよ」

そこで下村さんは、昨日の浮浪者らしき男のことが頭をよぎり、男が現れた方角へと足を進めてみた。

しばらく歩くと、森の向こうに建ち並ぶ幾つかの建物が目に入った。

「それがさ、郷土資料館で屋外展示してる開拓村だったんだよ」

案内板によると明治時代の初め、荒れ地だった此の地域を開拓した先人達の生活を再現した開拓村だと書かれていた。その開拓に尽力した先人達とは、激動の幕末に職と住む家を失い、この地に追いやられた幕府側の藩士達だったということも書かれていた。

「へえと思ったよ。俺、地元じゃないから全然そんなこと知らなかったしね。だから全部を見たくなって一軒、一軒見て回ったんだ」

開拓村へと足を踏み入れた下村さんは、一軒ずつ中を覗いてみた。家というよりは小屋に近い粗末な住まいの中で、ボロボロの着物を着た人形達が、当時の過酷な生活ぶりを伝えている。

「俺ね、ああいう人形がさあ苦手なんだよ。だから、ちょっとビクビクしながら見て回ったんだけど――」

何軒かの小屋を見終えたとき、今までとは趣の違う洋風の建物を見つけた。

駆けよって窓から中を覗くと、下村さんは驚きのあまり声を失った。

「テーブルの前で、椅子に座る人形があったんだ。それがね……。前の日に見た浮浪者とそっくりだったんだよ。髪も、服も靴も……」

人形は洋式の牧場作りのために、英国から呼ばれた技術者だった。

「ゾッとしたよ。足がブルブルと震えちゃってさ、どうやって駐車場まで戻ったか憶えてないくらいだったね」

どうにか、その日の営業をやり遂げた下村さんは、帰宅後、ある人物に連絡を取った。

「観光施設の近くに住んでる友人に電話したんだ。地元だから何か知ってるかと思って」

下村さんは友人に、前日の男の件から朝に開拓村で見た人形の話まで全てを話した。

すると友人の口から、こんな答えが返ってきた。

——ああ、開拓村の人形ね。アレ動くらしいよ。

友人の話では、開拓村の人形が夜に歩いてるのを目撃した人が何人もいるらしく、それから小屋を厳重に施錠するようになったという。

「地元じゃ、ちょっと有名な話みたいで、俺、それを見ちゃったんだね。きっと、あの日は忙しかったから、鍵をかけ忘れたんだよ開拓村に。あの兄ちゃんがさ——」

下村さんの家と店には、人形の類いは置いていない——動くとイヤだからだ。

岐阜の石舞台

戸神重明

昭和の末期、現在四十代の女性、花乃さんが小学生だった頃の話である。彼女の実家は岐阜県中津川《なかつがわ》市の山村にあった。長野県木曽地方との県境に近い、山深い地域だ。

当時の花乃さんは、片道二時間近くも歩いて小学校へ通っていた。

通学路は山を一つ半ほど越える。春から初夏の登校時には、同じ村の子供たちと道端に生えている野イチゴやヤマグワの実を摘んで食べ、夏にはクヌギの樹液に集まるカブトムシを捕った。秋にはアケビの実をもいで食べ、冬になって雪が降ると、プラスチック製の橇《そり》や分厚いビニールの米袋を引きずっていった。それに乗って下り坂を滑り降りるのだ。

そんな遊びができたので、朝の登校は、いつも楽しかった。ただし、一箇所だけ、急いで通り抜けなければならない箇所があったという。

山地なのでどこも樹木は多いのだが、そこはとくに木々が密集しており、道の両側が暗い藪になっていた。道幅も狭くなっている。上級生たちは、その一画を〈森〉と呼んでいた。〈森〉の範囲はさほど広くなかったのだが、ちょうど中間地点辺りの藪の中に巨大な石が重なっている場所があった。

「あの石んとこには近づいてかん。前に熊がおりよったもんで」

と、大人たちから言われていたので、集団登校の際には皆、脇目も振らず、足早に通り過ぎるのが暗黙の了解となっていた。

さて、小学三年生になった花乃さんは、朝はこれまで通りに同じ村に住む子供たちと集団登校をしていたが、この頃になると学年によって下校時間が異なってくる。花乃さんの場合、同じ村に同級生がいなかったので、帰りは独りきりになったという。

その年の秋。

下校時、いつものように独りで〈森〉に差しかかった花乃さんは、例の巨石を見て、ふと興味を覚えた。

巨石は二つあって、大きな長い石が、それよりも小さな石に覆い被さっている。大きな長い石は上面が平らで、屋根状になり、その下に石室のような空間ができていた。

花乃さんによれば、飛鳥時代の豪族、蘇我馬子《そがのうまこ》の墓といわれる奈良県高市郡明日香村の石舞台古墳を彷彿《ほうふつ》とさせる形状だったそうである。もっとも、大きさは〈本物〉の十分の一ほどしかなかったのだが……。

藪の中ではあるものの、この〈岐阜の石舞台〉の周りだけは下草も灌木《かんぼく》も少なく、子供でも容易に近づけるようになっていた。

(まんだ帰りたくないもんで、行ってみよか)

花乃さんは道から逸れて、〈石舞台〉へ近づいていった。

今朝、花乃さんは些細なことで両親から叱られたのだが、それがずっと不満で、まっすぐ家に帰りたくなかったのである。

二つの石が造った空間を覗いてみると、ちょうど彼女が入れるほどの広さがあった。

(なぁんだ！　熊なんて、おらんに)

身を屈めて潜り込む。背負っていた鞄を下ろして足元に置き、地面に座り込んだ。

ちなみに彼女が通う小学校では、ランドセルではなく、背嚢型《はいのうがた》の黄色い鞄を使うことになっていた。

(あぁあ……。もうあんな村におるの、たるいなあ……)

両親に対する不満や、近所にある本家のことなどを考えていると、溜め息が出てきた。

本家では、隣家との間に境界線を巡る諍《いさか》いが代々続いていていて、その騒ぎは子供である彼女の耳にも届いていたのである。

と、そこへ――。

不意に頭上から、

ちりん……。

と、高い金属音がした。続いて、

どん……。

今度は低い音が聞こえた。さらに、

しゃいん……。

とりわけ甲高い金属音が響く。

すぐさまその三つの異なる音が繰り返されるようになった。

ちりん！

どん！

しゃいん！

鉦《かね》と太鼓の音か？　これまでに〈森〉の中では聴いたことのない音であった。

三つの音はたちまち大きくなり、鳴る間隔が短く、速くなってくる。

ちりん！　どん！　しゃいん！

ちりん！　どん！　しゃいん！

ちりん！　どん！　しゃいん！

それ以外に足音も聞こえてくる。どうやら複数の何者かが巨石の上に乗って、跳ね回っているらしい。しかし、人の声はまったく聞こえてこない。三つの音はお囃子《はやし》のようなリズムを刻んで、いつまでも鳴り続けていた。

（何しとるんやろう……？　どがの人《どんな人たち》らぁなんやろう……？　おそがい《こわいな》……）

花乃さんは得体の知れない相手に恐怖を感じ始めた。

（とにかく、じっとしとらなかん）

相手が立ち去るまで、巨石の下に隠れていることにした。このとき、地面に置いていた鞄の一部が巨石の外側にはみ出していたが、下手に動かすと得体の知れない者たちに発見されてしまいそうな気がして、引っ込めることができずにいたという。

やがて、お囃子の途中でいきなり花乃さんの真上から、
どごん！

と、ひと際大きな鈍い音が響いた。

巨石の上部からではなく、この空間に何かが飛び込んできて、巨石に激突した――そんな風に感じられた。

花乃さんは思わず目を瞑《つむ》って、身を固くした。

同時にお囃子がやんだ。

花乃さんが恐る恐る目を開けてみると……巨石の外は薄暗くなっていた。

(えっ!? そんな長くおってないのに!)

確かに秋の日は短いものだが、日没までにはまだ十分な時間があったはずである。まるで十数秒の間に二時間近くが経過してしまったかのように感じられた。花乃さんは驚いて巨石の下から飛び出した。

振り返って〈石舞台〉の上を見たものの、誰もいなかった。

そこからは大慌てで、走って家まで逃げ帰った。途中で日が暮れてしまったが、運良く月が出ていたので、道に迷うこともなく、無事に帰宅することができた。帰りが遅くなったことから、両親にまた激しく叱られたという。

その夜、翌日の授業で使う教科書やノートをそろえようと、自室で背嚢型の鞄を手にし

たところ、

（何これ⁉）

花乃さんは愕然とさせられた。

鞄の下部が直角三角形の形に変色していたのである。黄色だったナイロン生地が真っ白になっていたのだ。おまけに丈夫なはずのナイロンが、変色した部分に限って、ぶよぶよに伸びてしまっている。また、鞄の側面には、金属製で表面に赤やピンクや黄色のエナメルが施された手鞠鈴を取りつけてあったのだが、それも真っ白に変色しており、緑青《ろくしょう》なのか、青いカビのようなものまで付着していた。

この日の下校時までは、鞄の生地に異常はなく、鈴も手鞠模様のエナメルが鮮やかに彩られていたのだ。

それを見て花乃さんは思い出した。巨石の下に隠れていたとき、鞄の一部が巨石の陰からはみ出していたことを――。

（そういえば、あのおっきい石の周りだけ、草やら木やらあんまし生えとらんかったよね）

お囃子を奏でていたものたちの正体はわからないが、まともに遭遇したものは溶かされたり、変形させられたりしてしまうのだろうか？

それを思うと、

（あんとき石の下から逃げやあとしと《逃げ出そうと》ったら、もしかしたら、私も……）

花乃さんは、しばらく身震いが止まらなかったという。

だが、この話を家族や村の子供たち、学校の同級生たちに話しても、笑われるばかりで信じてもらえなかった。花乃さんはその後、〈森〉の中はすみやかに通過して、〈石舞台〉には二度と近づかなかったそうである。

亜炭

真白圭

知人の紹介で、今年七十五歳になる笹川さんに取材をさせて貰った。

場所は、先方から指定された都内にある古い喫茶店。

珈琲の香りが漂うカウンター席で、笹川さんは穏やかに体験談を語ってくれた。

いまから七十年近く前、彼が小学校に上がったばかりの頃の話である。


「キミ、亜炭《あたん》って知っているかな？　石炭の紛《まが》い物のような代物でね。最近じゃ、見掛けなくなったが、僕の育った村ではどの家でも常備されていたんだよ」

笹川さんは宮城県内の、とある村落の出身である。

当時の宮城県は亜炭の主要な産出地で、鉱山での採掘が盛んだったらしい。

国内に埋蔵量の多い亜炭は、安価な家庭用燃料として重宝されていたのである。

ただ、亜炭は燃焼時に大量の煤煙を排出するため、主に外風呂の窯焚きや、煙突のあるストーブ等に利用されていたようだ。

聞くと、笹川さんの村の住民は、亜炭を自分で掘りに行っていたのだという。

近くの山に亜炭層の露出した崖があり、そこに行けば無料で手に入ったらしい。

「だから、子供の頃はよく父親に連れられて、亜炭を取りに行ったもんだよ」

ある年の仲秋のこと。

朝食を食べ終えると、やおら父親が野良着に着替え始めた。

「いまのうち、亜炭さ取りいくぞ。猫車（手押しの一輪車）、取ってこい」

例年より早い冬の到来を予感させる、底冷えのする朝である。

父親は雪が降る季節となる前に、燃料を確保しようと考えたらしい。

採掘場まで、空の猫車を押して歩くのが笹川さんの役目だった。

「荷台が一杯になるまで、つるはしで亜炭層を削るんだ。で、その後、今度は親父が猫車を押して山を下りるんだけどね」

亜炭は比較的軽い鉱物だが、荷台に満載すると子供の手では運べなくなる。

黙々と猫車を押す父親の背中を追って、笹川さんは山道を下ったそうだ。
秋の深まった山林は落葉が進み、枝葉の軽くなった樹々が寒々しい。
前の晩に雨が降ったせいか、地面には落ち葉が敷布のように貼りついていた。
その落ち葉に足を滑らせないよう、一歩一歩踏みしめて歩かなくてはならない。
すると、唐突に背後で〈がさがさ〉と草叢《くさむら》の鳴る音が響いた。
振り向くと、十数歩ほど離れた道端に狸がいた。
小柄でふわふわとした毛並みの、まだ成獣にもなっていない狸のようだった。
人間に興味があるのか、狸はつかず離れずの距離でこちらの様子を窺《うかが》っている。
くりくりとした瞳でこちらの様子を窺う仕草が、何とも可愛らしい。
「ついでぐっから、構うな。やっかいさなる」
背後を一瞥《いちべつ》するなり、父親が険しい目つきで笹川さんを叱った。
〈厄介ごと〉が何を指すのか知らないが、父親は狸を嫌っているようだ。
が、笹川さんは狸のことが気になって仕方がない。
ちょっかいを出したくて、堪らないのである。
そこで笹川さんは、猫車から小さな亜炭を摘まんで、足元の少し先に放ってやった。

するとは亜炭に鼻先を寄せて、くんくんと臭いを嗅いだ。

「こらっ！　あっちいけっ！」

顰《しか》め面をした父親が、〈しっ、しっ〉と手を振る。

その途端、狸は一目散に草藪に逃げ込んでしまった。

（笹川さんは狸と遊びたかったのに）と、子供心に残念に思った。


「でね、その日の夕方に、亜炭を使って風呂を焚いていたんだけど」

家の裏庭にある外風呂を沸かすのも、笹川さんの役割だった。

昔の子供は大抵、何かしらの家事を担っていたのである。

また、父親が風呂好きだったので、笹川家では毎晩風呂を沸かしていたらしい。

所謂《いわゆる》、五右衛門《ごえもん》風呂と呼ばれる窯風呂だった。

「とにかく、亜炭ってのは火のつきが悪くてね。風呂が沸くまでに、えらく手間が掛かるんだ。特に焚き始めは火が消えやすいから、目が離せなくてさ」

竈《かまど》に種火を移し、火吹き竹を使って亜炭を熾《おこ》した。

やがて亜炭が燃え始めると、秋の木枯《こが》らしに悴《かじか》んだ指先が温かみを帯びてくる。

それでも佐川さんは、片ときも竈から目を離さず亜炭を焚き続けた。

すると――『ねえ、なにしているの?』と、背後から声を掛けられた。

幼さの感じられる、妙に舌足らずな甲高《かんだか》い声だった。

最初、笹川さんは自分が話かけられていると思わず、返事もしなかった。

だが、再び『ねえ、なにしてるの?』と問われて――

「見ればわがっぺ!」と文句を言いながら、振り向いた。

――誰もいなかった。

が、先ほどの声は、間近から聞こえていた筈である。

外風呂のある裏庭は周囲を雑木林で囲まれており、おいそれと人が逃げ隠れできるような場所でもない。

(あれ、変だな?)と訝《いぶか》しんだ笹川さんは、そのことを後で父親に話してみた。

「んだがら、たぬぎ構うなど言ったべ!」

父親はそう言いながら、息子の頭を拳骨で叩いた。

笹川さんは父親に怒られながらも、(さっきのは、本当に狸だったのかな?)と半信半疑だったそうだ。

その翌日も、笹川さんは裏庭で外風呂の竈を焚いた。

毎日の日課となった、手慣れた作業である。

すると、『――なんで、火をつかうの?』と声を掛けられた。

昨日とまったく同じ声色の、問い掛けだった。

「だがらっ、風呂焚いで……」

と、言葉を返しつつ振り向いたが、やはり誰もいない。

すでに夕闇が落ちた裏庭は、ひっそりと静まり返っているだけである。

(……あの声、やっぱり狸なのかも?)

再び竈火に向き合いながら、笹川さんはどうしたものかと思案を巡らせた。

「で、考えたんだけどさ。次にまた狸から声を掛けられたら、返事をしないで、いきなり振り返ってやろうと思ってね。そしたら、きっと狸も慌てるだろうから」

二度もの声掛けで、狸が現れる頃合いはわかっている。

前以《も》って承知しておけば、問われるのと同時に振り返ることができる。

笹川さんは（今度こそ、狸の正体を見てやろう）と意気込んだのだという。

そして、翌日の夕刻。

普段通りに外風呂を焚いていると、またも後ろから——

『なんで、燃やすの？』と問い掛けられた。

その瞬間、（ほら、来た）と、笹川さんは後ろを振り返った。

——狸が、燃えていた。

全身を炎に包まれた狸が、四つ足でじっとこちらを睨んでいたのである。

（えっ、なんで……燃えてるの？）

あまりのことに、笹川さんは呆然とその場に立ち尽くした。

すると、〈バチッ、バチッ！〉と、傍で何かが爆ぜる音が聞こえた。

驚いて外風呂に向き直ると、竈から炎が立ち昇っており、風呂窯を囲っている竹塀を黒く焦がしていた。

「わっ、かんたっ（火事だ）!!」

笹川さんは大声で叫びながら水を汲み、外風呂の消火に当たった。

すぐに両親もそれに加わり、ボヤ騒ぎは大ごとにはならずに済んだのだという。

「あの後、父親には散々怒られたけどね。でも、それからは一度も狸が現れたことはなかったなぁ。死骸もなかったし……結局、あの燃えた狸は一体何だったのかな?」

静かに珈琲を啜ると、笹川さんは遥か遠くを見つめるような目をした。

――ただね、今じゃ故郷も開発が進んで、滅多に狸を見掛けなくなったそうだよ。

最後、そう言って話を終わらせた彼の横顔は、少し寂しげに見えた。

昔は割と出てたやつ

中縞虎徹

山間の集落に住んでいる三十歳の女性、後藤さんから伺った話。

「最初は熊かなぁって感じたんですけど、なんかやっぱちょっと違ってて、だったら猿かなぁって、でもサイズ感とかがニホンザルのそれよりも随分大きくて、だったら普通に人間か？　とも思ったんですが、人間にしては動きが……。屋根の上から軒下覗き込んでたんで」

彼女の自宅駐車場から畑を挟んだ先にある隣家の屋根の上にそれはいたという。

「仕事が終わって車で家に帰ってきて、いつも通り自宅に入ろうとしたら何だか妙な胸騒ぎみたいなのがあって、なんだろうって立ち止まったんですね。それで辺りを確認するじゃないですけど、キョロキョロしたらそれがいたんです」

屋根にぶら下がるような妙な体勢で軒下、更に光の漏れる窓をも覗き込もうとする影。

「どうあれあまり良くない状況っていうか、何か危ないかも知れないなって、家に駆けこんで声をかけたらお祖父《じい》ちゃんが出てきたから『何か変なのいる！』って伝えて。玄関先から指差して、一緒にそれを見たんですね」

祖父は「あぁ」と呻《うめ》くような声を漏らした後「しょらあああ」と突然大声を張り上げた。

「私びっくりしちゃって、最初は屋根の上の変なのが鳴いたのかと勘違いして腰抜かしそうになったんですけど、そのタイミングで消えちゃったんですよ、その、何ていうか猿？　っぽいやつ、屋根の上にいた」

それはまるで夕闇に紛れるようにその色を濃くし、気が付けば見えなくなっていた。

「で、お祖父ちゃんに訊いたんですね『あれなに？』って。そしたらお祖父ちゃんも何なのかはわからないらしく、ただ子供の頃なんかに何度か見たことはあって、その時には何人かでさっきみたいな掛け声をかけると消えたから同じようにしたって」

彼女の祖父によれば、ずいぶん長い間見かけたことがなかったという。

「子供の頃以来だって言ってました、最近は熊とかも人里に下りてくるからその兼ね合いかも知れないなって。でもあんな消え方した以上、普通の動物ではないわけじゃないですか？　走って逃げたとか、飛び去ったとかならまだしも、目の前で消えちゃったんで」

後藤さんはその場で、自覚がないまま自分がガタガタ震えていることに気付いたと語る。

「いや何なんですかね、ああいう時って、怖いっていう感じでもなく、焦るっていうのとも違う、体の力が抜けそうになるのを必死で我慢するみたいな風でした。祖父はそんな私を見て『気圧《けお》されるとそうやって当てられるから次見た時は直ぐに叫べ』って」

熊に鹿に猪、狐に狸に猿、色んな動物を見てきたが、流石にそれ以外は初めてだった。

「私の実家周辺も過疎化が進んで大分人が減ったんで、心細いですよ。お祖父ちゃんは『これから何度も見ることになるかも知れないからできるだけ夜は出歩くな』なんて言うし。どうもしばらく昔は割と出てたっぽいんですよね、ここ何十年か出てこなかっただけで」

過疎化の進行によるものなのか、はたまた地球温暖化の影響か。

理由は不明だが、後藤さんは自分だけでも引っ越そうかと考えていると語った。

鬼祭

黒木あるじ

とある島にてうかがった話である。その内容の性質上、詳細な地名や年代は伏す。海沿いの寒村で起こった出来事、とお伝えするにとどめたい。


その島には、とある祭りが伝承されていた。

正式名称はあるものの、本稿でそれを詳《つまび》らかにするわけにはいかない。そのため、ここでは便宜上《鬼祭》と呼ばせていただく。そう、この祭りの主役は《鬼》なのだ。

鬼祭がはじまると、赤や白に彩られた鬼面の演者が、従者をしたがえて家々を一軒ずつ訪れる。家のなかへと招き入れられた鬼たちは従者の太鼓に合わせて舞い踊り、その家の厄を祓う。やがて踊りを終えた鬼は次の家、そしてそのまた次の家と集落を巡回する――

これが、鬼祭のおおよその流れである。

鬼どもが家を巡る——秋田の《なまはげ》に似ているが、由来は島にその昔伝えられた神楽《かぐら》であるらしい。話者の暮らしていた集落以外にも島ではそれぞれの地区で鬼祭が催されており、獅子舞と格闘するものや笛を用いるものなど、場所によって仔細が微妙に異なっている。話者いわく、「さまざまな民間習俗や芸能が随所に取り入れられた結果なのだろう」との話である。

そんな、ある年のこと。

話者の集落では鬼祭をひかえ、例年以上に気合いが入っていた。数十年ぶりに鬼の面を新調していたためである。どの地区よりも立派な面と衣装を見た人々は、「これでウチの鬼祭が島で一番だな」と喜び、開催を心待ちにしていたそうだ。

やがて、その日が訪れた。

新しい面をかぶった鬼たちはいつも以上にはりきって家々を巡り、太鼓を鳴らして踊り、厄を祓った。その猛々しい面構えに子供らは泣き叫び、それを見た大人たちは手を叩いて喜んだ。喧噪のなか、祭りは無事に終わった。

はずだった。

異変が起きたのは、その翌日。一軒の家の坊が、どうにもおかしくなったのである。

坊は五歳になったばかりで、普段はやかましいくらいに元気な悪童だった。ところが、祭りの翌日から坊はだんまりと口を噤み、なにも喋らなくなってしまった。

具合が悪いのかと家族が訊ねても、坊はひとことも答えない。うつろな目でぼんやりとするばかりで、口をだらしなく開けたまま惚けている。

病院にも連れていったが、おかしなところは見つからなかった。

「どうしたんだかなあ」

「まあ、いずれ元気になるさ」

家族はなすすべもなく見守るしかなかった。

そのうち状況が好転するだろうと、高《たか》を括《くく》っていた。


状況は、祭りからちょうどひと月が経った朝に予想外の形で一変する。

坊の死体が、裏山で見つかったのだ。

家族は泣き叫んだ。亡くなったという事実もさることながら、その骸《むくろ》のあまりの惨さに涙した。

坊は刃物で身体中を突き刺されていた。

刃が厚かったのか、いたるところの骨が折れていた。

殺されていたのである。

人々は平和な集落にあるまじき陰惨な事件に驚き、やがて坊の死んだ日に不審な人物がいなかったかを血まなこになって探しはじめた。せまい集落のこと、怪しい人間がいればすぐに解ると考えたのだ。ところが、間もなく警察官が身内にいる家族から報せを受けて皆は再び驚愕する羽目になった。

坊の遺体は、死後一ヶ月あまりが経過していたのである。

鬼祭の夜に殺され、その日のうちに山へ捨てられた可能性が高いとの話だった。


では、ひと月のあいだ家にいた、あの胡乱《うろん》な子供は誰だ。

人々が目撃し、家族が接していたのはいったい何者だ。


なにも解らなかった。

そのことと関係があるのかは解らないが、翌年の祭りでは、鬼の面と衣装が古いものに戻っていたという。

坊の事件はいまも謎のままで、当時を知る人々はそのことを語りたがらないそうである。

対決

つくね乱蔵

昭和中期、稲村さんが生まれ育った村で起こった話である。

稲村さんは、村でも評判の美人姉妹だった。稲村さんは、当時まだ十二歳。姉の美里さんは十七歳になったばかりである。

二人とも、村で一生を終える気はない。それぞれに夢がある。稲村さんは学校の先生、美里さんは女優。その夢を叶えるだけの熱意と才能を持ち合わせていた。寂しくなるに違いないのだが、両親は全面的に応援していた。娘たちが全員巣立った後は、自分たちも村を出るつもりである。

農業は何年も前に辞めており、二人とも町まで働きに出ている。老後のことを考えると、不便な村に住み続ける必要はなかった。

村人たちは事あるごとに残留を勧めてきたが、両親の意志を曲げるほど、魅力的な提言は出来なかった。それならばと村長が言い出したのは、祭への奉仕だ。

あんたたちは今でこそ農業を辞めてしまったが、田んぼのおかげで食べてこれたのは確かだ。ならば、この土地の神様に感謝してから村を出るのが礼儀ではないか。今年の祭は五十年ぶりに本格的なものをやりたい。ついては、美里さんに巫女をやってもらいたい。

それが村長の提案だった。意外にも、美里さんが積極的に身を乗り出した。巫女としての経験が、将来の役に立つかもしれないと両親を説得し、大役を引き受けたのである。

村には、いつ建立されたかわからない神社がある。祀られている御神体も不明で、常駐の神主もいないのだが、儀式だけは正確に伝わっているとのことであった。

供える物の種類と数、吊り下げる御幣の形と枚数から始まり、神主の所作振る舞いから祝詞に至るまで、きっちりと決められている。巫女の役割もその一つである。

ただ単に神楽舞いを覚え、披露すれば済むわけではない。巫女は、神様を接待する重要な存在である。祭の当日まで隔離に近い状態で、人との交流を避ける。境内に専用の家が用意され、祭が終わるまでは巫女担当の老婆以外、誰とも会えない。当然、連絡も取れない。そうやって神様を迎え入れ、祭が終わるまで毎朝毎晩、神楽舞いを奉じる。五十年前に巫女の大役を果たした女性は、九十六歳で亡くなるまで幸運に恵まれ続けたという。

美里さんは家族にガッツポーズを見せ、意気揚々と神社に向かった。

村は祭に向けて賑やかになっていく。いつもはひっそりとした広場に、わざわざ舞台が作られた。村の有志が能を奉納するらしい。

外部の人間は一切参加させないため、露店などはない。それでも、いつもとは違う華やいだ空気が村を包んでいる。

残念ながら、巫女の身内は祭に行ってはならないとされていたので、美里さんの活躍は見られなかった。その代わりと言ってはなんだが、村長から御礼の品物が大量に届いた。

とりあえず、祭は無事に終了したのがわかった。

明日はようやく美里さんが戻ってくるという夜、家族はいつもより早く寝床についた。

真夜中近くのこと、稲村家の戸が激しく叩かれた。平和な村では有り得ないことだ。父が薪を片手に、思い切って声を掛けた。

「稲村さん。戸を開けてくれんか」

返事をしたのは村長であった。いつもの穏やかな声ではない。強く尖った声だ。

開けた戸の向こうにいたのは、村長だけではなかった。たくさんの村人で埋め尽くされている。

「あの、何かあったんですか」

返事の代わりに村長は、背後に合図した。突き飛ばされるように出てきたのは、美里さんであった。

巫女の衣装が破かれ、顔面には殴られた痕がある。右目が腫れあがり、鼻も折れている。太腿から足首にかけて流れた血がこびりついている。

酷い暴行を受けたのは明らかであった。

「神様をお迎えする役目の者が、事もあろうに神社で性交するとはなぁ。呆れたもんだよ」

あまりのことに父は絶句した。代わりに、普段は物静かな母が怒声を発した。どう見てももうちの娘は被害者だ。巫女を守れない神様に何の力があるのか。

正論を突きつけられた村長は、苦虫を噛み潰した顔で経緯を話し始めた。

突然、巫女専用の家に見知らぬ男たちが現れたのだという。男たちは止めようとする老婆を殴り倒し、美里さんに群がった。

何処かで祭の内容を知った男たちが集まって計画したのだろう。そのようなことは人間は勿論、神様でも予想できる筈がない。巫女として務めるならば、舌を噛み切ってでも純潔を守るべきだった。いかにも迷惑そうな顔で村長は話し終えた。

父は激怒し、村長に掴みかかったが、たちまち村人たちに取り押さえられた。

「祭を台無しにした責任は取ってもらうから。ああ、そうだ。言い伝えによると、祭を穢した者は三日以内に真っ赤になって死ぬらしいよ。まぁ、あくまでも言い伝えだから、気にしなくてもいいんじゃないかな」

そう言い捨て、村長は立ち去った。

稲村さんは、その夜のことを今でも鮮明に思い出せるという。一瞬ですべてを失ったから当然といえば当然だ。

村には駐在がいない。そもそも、警察に相談するのは美里さんが拒んだ。このぐらいのことで夢を諦めてたまるかと、美里さんは気丈に笑った。

明け方近く、稲村家の屋根の上で鶏が鳴いた。家族が飛び起きるほどの大きな鳴き声であった。何事かと外に飛び出して確認したが、それらしきものは見当たらない。

ふと見ると、美里さんの姿がない。

嫌な予感がした稲村さんは、美里さんの部屋に走った。

布団の上に美里さんは横たわっていた。身体中の穴という穴から血を流し、既に息絶えていた。

村は三日間連続で葬儀が行われた。四人の男が美里さんと同じように血塗《ちまみ》れで死んだのである。その中には、村長の息子も含まれていた。

そのせいか、責任云々は問われなくなったが、村八分どころの話ではない。葬儀すら拒否された稲村家は、美里さんの遺体と共に村を出た。

残された家族は、狭いアパートの一室で必死に生き延びたという。

稲村さんは無我夢中で勉学に励み、大学をトップの成績で卒業し、念願の教師になることができた。既に母は病死しており、報告する相手は父だけである。娘の晴れ姿を見た父は、声をあげて泣いた。

二年後、稲村さんのマンションを父が訪ねてきた。父は優しく微笑《ほほえ》み、懐から通帳を取り出した。良い家庭を築いてくれと言いながら渡した通帳には、結構な金額が入っていた。

どういう意味かと問う稲村さんに、もう一度微笑み、父は言った。

「どうしてもあの神が許せないんだよ」

日本中を巡り、凶悪な霊がいそうな場所を訪ね、ありとあらゆる怨念を自らの体に取り憑かせる。そうやって自らを穢れの塊《かたまり》にした上で、神社に乗り込む。父は、神と悪霊の対決を狙っているのであった。

何を言っても父の決意は揺るがなかった。

さらに二年後、稲村さんの部屋の電話が鳴った。父であった。

近づけないから、窓から顔を出して欲しいという。

少し離れた木の下に父はいた。別人のように痩せている。父は、ゆっくりと手を振り、去っていった。後ろ姿は見えなかった。父の背中には、無数の黒い人影が折り重なって張り付いていたからだ。

それからの父の動向は不明である。村や神社がどうなったかも記録に残っていない。

稲村さんは父との約束通り、優しい家族と共に穏やかな日々を送っている。

キメラ

黒 史郎

響子さんが小学生の頃まで暮らしていた村は、静かで寂しく、どこか薄暗い雰囲気の、記憶に残るような美しい景観もない、ひどくつまらない場所であった。

住人の数は年々減る一方で、当時、小学校の全校生徒は六十数人、同学年は二十人余であったが、卒業する頃には十人台にまで減り、次の学年は一ケタであったという。

とにかく、変化や未来という言葉には疎《うと》い村であった。いついつまでに道路ができるとか、どこそこに施設の建つ計画があるとか、村の大人たちのあいだでは明るく景気のいい発展の兆しがたびたび囁かれてはいたのだが、実際は重機と作業員がやってきて工事が始まっても、何かが完成したためしはない。

せっかく穴を掘ったのにまた埋めなおしたり、それらしい完成の形が見えてきたのに中途半端なところで止まってしまったりと、結局、村はいつまで経っても悪い意味で変化がなく、むしろ、掘りかけ、作りかけで放置された場所が土地を侵食していくばかりで、「人が住む」という、コミュニティにおける最低限の機能までもが喰い削られていった。だから、子供たちも無駄な期待はせず、大人の事情は色々と難しいのだということを自然にわかっていたそうだ。

そんな村で過ごした数少ない思い出の中、今考えても奇妙で説明のつかないことがある。

外国人が引っ越してきた。

ある日、そんな噂が村中に広まり、子供たちが大騒ぎになった。

刺激の少ない村では大ニュースだ。

当時、六年生だった響子さんは、同級生の何人かで、その家を見にいったという。

外国人の家は、村の外れにポツンと建っていた。

子供たちは勝手に、お城みたいな大きくて豪華な造りの家を想像していた。

ところが実際は、トタンだけで拵《こしら》えたような、みすぼらしく小さな家であった。肩透かしを食い、「つまんない」とぼやきつつ、「子供はいるのかな」「転校してくるかな」と再び期待を胸にしながら、みんなで帰ったのを覚えているそうだ。

それから一週間ほど経っても、一向に外国人を見たという話は聞かなかった。

デマだったのではないか。皆が噂を疑いだす。

所詮、小規模なコミュニティの中で巡った噂。発生地点は、すぐに判明した。噂の発信源は二人の四年生の女子であった。

彼女たちは、問題の外国人が引っ越してきた、その当日の様子を見ていた。

背が高く、いかにも外国人という顔をした男の人が、あのトタンの家の前でシャベルを引きずって歩いている姿を目撃していたのである。

響子さんも、この二人の目撃者から話を聴いたことがある。

「●●に似てる人だったよ」とは、目撃した一人の談。

伝記本に写真が掲載されている、ある有名な偉人とそっくりだったという。

もう一人の女の子は、駄菓子屋に売っている某菓子のキャラクターに似ているという。

かっこよかったのかと問われると二人とも首を傾げ、「かっこいいかもしれない」と揃って曖昧《あいまい》な答えを出す。

これでは、まったく人物像が掴めない。本当に外国人かどうかも疑わしくなってきた。

なにより、目撃したのが四年生の女子が二人だけというのが微妙に頼りない。

そんな中で、今度は六年生に目撃した者が現れた。

六人の男子たちは自転車で池のそばを走っていると、前方からシャベルを引きずって、俯《うつむ》き様で歩いてくる、背の高い、見慣れぬ大人の男性を見ていた。

遠目にも日本人離れした面立ちがわかり、妙に顔が長く、馬面であった。肌は真っ白で、この人が噂の外国人かとおもった六人はすぐに自転車を止めると、会話をしているふりをしながら、その人物がそばを通過するまで待った。ちゃんと確かめたかったのだ。

ところが、なかなか近くまでやってこない。

よほど歩幅が小さいのか。前方に姿は見えているのだが、さっきから距離が変わっていないような気がする。止まっているのかというと、ちゃんと歩いて進んでいるように見える。

どれだけ待っても来ないので、同じ場所を行ったり来たりしているのではないかとなり、もう少しこちらから近づこうと話しているうちに、外国人はいなくなっていた。

そんな短時間で完全に姿を隠せるような場所ではなく、たとえ走って去っていったにしても、全員がそれを見逃すはずはない。

すっかり、六年男子のあいだで、その外国人は「宇宙人」扱いだった。

瞬間移動《テレポーテーション》を使ったというのだ。

女子はもう少し大人なので、別の仮説を唱えていた。

外国人などではなく、ただの変人が引っ越してきただけではないのか。

冷静に論じ合った結果だった。

村の誰も詳しい情報を持っていないということは、大人たちとも交流がないということだ。それは仕事もしていないという可能性が浮上する。住んでいるのも村の外れ。家も適当に建てたバラック小屋みたいだし、改めて家を確認すると窓らしきものが一つも見当たらない。そして、目撃されている時は、なぜかシャベルを引きずっているケースが多い。

　いくらなんでも怪しすぎた。

なにより、決定的に外国人であるという情報がない。

偉人の●●に似た日本人離れした顔で、背が高く、色白。それだけである。

しかし、この外国人騒ぎは、まだ始まりでしかなかった。

「なんだか、えらいハンサムな外国人を見たよ」

響子さんの母親が学校付近で問題の人物を目撃していた。

色白な金髪。米屋の主人に少し似ていたという。米屋の娘は響子さんの同級生で、何度も家には遊びにいっているし、父親も見たことがある。しかし、外国人のようかといわれると首をひねってしまう。

祖父も目撃していた。例のトタン小屋の付近で子供の手を引いて歩いている後ろ姿を見ていた。子供は金髪で、甲高《かんだか》い声で笑っていた。後ろからでは男の子か女の子か、わからなかった。小学校に入っていてもおかしくない年頃に見えたというが、そういう子供が転入して来れば、すぐに噂は耳に入るはずだ。

他の児童の親からも目撃情報が出てくるようになり、大人たちの認識も外国人であることがわかった。

子供たちのあいだでは、引っ越してきた外国人は、さらにおかしなことになっていた。

ある者は、真っ青な色の服を着て、家のそばで穴を掘っていたという。

ある者は、算数の先生にそっくりだったという。

ある者は、家で飼っている犬に似ていたという。

ある者は、顎《あご》に大きな瘤《こぶ》のようなものが下がっていたという。

ある者は、黒目が白く濁っていたといい、持っているのはシャベルではなく、杖ではないかという。

その頃の響子さんの見解では、引っ越してきた外国人は一人ではなく、複数。だから、情報がまとまらないのだ。子供がいるのなら、他の家族がいてもおかしくはない。しかし、あの家は家族で住むにしては、あまりに小さく、粗末におもえる。

やがて、子供たちの想像と噂は制御を失い、「このまえ死んだ●●さん（若い女性）とそっくりだった」「片腕だけ地面につくほど長かった」「口がなかった」「歩きながら背が伸び縮みしていた」など、信憑性のまったくない、オカルト寄りの目撃情報が増えだす始末。

どんどん真実からかけ離れていくようで、なんだか噂を追いかけるのが馬鹿らしくなった響子さんは、引っ越してきた外国人への興味を失っていったという。

あの外国人が死んだらしい。

そのうち、こんな噂まで耳にした。

これは事実のようであった。例のトタン小屋の前に駐在さんやスーツを着た人たちが集まっているのを複数の大人たちが見ており、彼女の両親も目撃している。

自殺か事故か。死んだのは一人なのか。複数なのか。祖父の見た子供も一緒だったのか。

結局、ほとんどのことがわからぬまま、外国人の噂は囁かれなくなっていった。


響子さんが生まれ育った村を離れる二週間ほど前のこと。

また、奇妙な話を耳にすることになる。

「歩いていた」というのである。

背が高い外国人のような男が、あの小屋がある場所の近くでシャベルを引きずっている姿を複数の児童が目撃した。

偉人の●●に似ていた。顎に瘤を下げていた。片腕の長い白人だった。真っ青な色の服を着た子連れだった。

以前、囁かれていたのと同様の噂が、再び村を巡り出したのである。

響子さんの父親も、ある晩、帰宅するなり驚いた表情で、「あの外国人がおった」と話した。職場の近くで、やけに背の高い人が行ったり来たりして目立つので、なんだろうと見てみると、あのトタン小屋の住人の外国人だったという。

「死んだんじゃなかったんかな」

興奮気味に語る父親の話を、まるで怪談でも聴かされているような、母親の昏《くら》い表情が印象的であったそうだ。


引っ越してから一年くらいは同級生と手紙を交わしていた。

その中で幾度か、「あの外国人の話、どうなってる?」と書いたが、明確な答えは返ってこず、その同級生とも疎遠になってしまったそうである。

もし、あの頃の噂がすべて真実だったとしたら。

すべての情報を合わせ持つ異国人が存在していたのだとしたら。

いったい、どんな人物が村にいたのだろう。

まるで、想像がつかないという。

巻き戻し

神薫

広恵さんの祖父は幼い孫によく昔話を聞かせてくれたという。

「たいていは絵本で読んだような話でしたが、祖父自身の体験を語ることもたまにはあって……それがなんとも嫌な話だったんです」

異様な内容だったため、彼女は成人した後も祖父の話をときどき思い出す。

＊

祖父が九歳のころ、村の子供五人で山に登ったことがあった。

「別に登るのはかまわないけれど、絶対に山頂まで行ってはいけなくて、途中で引き返さなければならないと言われていたんだそうです」

年下の者が迷子にならぬよう、先頭と殿《しんがり》を年長者が務め、お互いの腰を長い紐でつなぎ合わせて行ったという。

紐は地面に引きずるほど長く、ゆるく繋がれていたのでかなり余裕があった。

各自登るペースが異なるので、紐は間延びしていく。それをいいことに、真ん中にいた一人のやんちゃな子が自分の紐を解いて抜け出してから結び合わせ、裏道からこっそり先回りして仲間を驚かせようとした。

結果、その子は山頂付近に行ってはいけないという山の禁忌を犯してしまったのだという。

年長の子が禁忌に触れた子を叱り、再び紐を結び合わせて皆で山を降りようとした。ところが、下っても下っても時間を巻き戻したように山頂付近に全員そろって戻ってしまう。

子供でも道の上下は容易にわかる。一本道を確かに下っているはずが、気づくと元の地点に戻っているので、一行は恐慌を来した。

望まずして同じ道程を何度も繰り返し歩かされ、子供たちの体力、気力はみるみる削られていった。

もうこれ以上は歩けないと感じたそのとき、リーダー的な存在の年長の子が〈禁忌を犯した奴がいたので下山できなくなったんだ〉と紐を解き、問題の子一人を木に縛りつけた。

「泣いて謝るその子を置いて下ったら、すんなり麓《ふもと》まで下りることができたんだ」

山を下りた祖父らは、その子が一人で山中にいることを大人に告げたのだが、村人の捜索にもかかわらず、その子は見つからなかったという。

「家族への手前、一応は捜索してる振りをしてはいたが、本当に危険な山頂付近には入れなかったからな。あいつはまだ、山にいるんだろう」

祖父はこの話を語るとき、哀れみとも蔑《さげす》みともつかぬ複雑な表情を浮かべていた。

「友達を見捨てて助かるなんて酷い話だと思いましたが、孫にそんな話をしたのは祖父なりの懺悔《ざんげ》だったのかもしれないですね」

昨年の夏、成長した広恵さんは彼氏と二人、ミニバンで旅行に出かけた。

「私はそういうのあまり好きじゃないんですが、彼氏の趣味で廃墟巡りに行ったんです」

有名な廃墟を歴訪するうちに、彼氏は〈あまり知られていないレアな廃墟を発見したい〉などと言い出した。

辺鄙《へんぴ》な田舎をまわり、舗装されていない抜け道を見つけて車を走らせていくと、いつしか街灯の明かりもない暗い山道に至った。

不安がる彼女に配慮もせずに、運転席の彼氏は一人盛り上がっていた。

道なりに進むと、突き当たりに崩れかけた小屋が見えてきた。

廃墟と呼ぶにはお粗末な掘っ立て小屋だったが、彼氏が〈なんとなくそそられる〉と主張してそこに車を停めた。

風雨と年月によりたわんだ木製の扉は施錠されておらず、最初から半開きになっていた。

意気揚々と扉を開けた彼氏の口から、ヒッと小さな悲鳴が漏れる。

中を覗くと床に人が倒れていた。

「四畳半の小屋の中に、すごく痩せた子供がいたんです。私、死体だと思って彼氏にしがみついたんですけど」

よく見ると、襤褸《ぼろ》布に包まれた子供の胸腹部が微かに上下していた。生きている。

泥と埃《ほこり》で汚れた顔は少年か少女かの判別もつかないが、九歳か十歳くらいに思えた。

「君、しっかりして。お父さんとお母さんはどこ？」

子供は眠っているようにも見えるが、呼びかけに一切反応しない。

「意識がないみたい！　助けなきゃ」

救急車を呼ぼうと試みたが山奥のこと、携帯電話はあいにく圏外だった。

「あなたは頭を持って。私、足を持つから！」

広恵さんの頼みに彼氏は乗り気でなさそうだったが、彼女が再三促すとようやく子供を抱いて車に運んだ。

ミニバンの後部座席を倒し、フルフラットにして子供を寝かせる。

彼氏は運転席、広恵さんが助手席に乗り込み、出発しようとと車のキーをひねった途端、目の前が砂嵐のようになった。

目を開くと、二人は黴《かび》臭い小屋の中にいた。

否、そこにいるのは三人だった。

傷だらけの子供は、先程と寸分違わぬ場所に同じ姿勢で倒れていた。静かに寝息を立てているのも同じだ。

「私には寝たり失神したりとか、意識をなくした覚えはなかったんですよ」

どういう理屈かわからないが、車に乗り込むのとシームレスに、次の瞬間、小屋に棒立ちしていたのだという。

広恵さんは、またも子供を病院に運ぼうと行動した。だが、結果は同じだった。

「このおかしな現象について彼と話し合わなきゃって頭では思うんですけど、なぜか言い出せなくて、前と同じ行動をトレースしちゃうというか、させられているというのか……」

それでも全く同じ行動が繰り返されるわけではなかった。

あるときは彼氏と二人で子供を運び、またあるときは彼氏が一人で子供を運んで車に寝かせた。

過程は違えど、車を発進させようとしたところで小屋に戻るのには変わりなかった。

何度か巻き戻しが繰り返されたところで、広恵さんは途方にくれてしまった。

もしかしたら、この子のせいで戻されるのでは。そう思って視線を遣ると、彼氏も同じことを考えているとぴんときた。

試しに子供を放置して広恵さんと彼氏だけで車に乗ると、エンジンはスムーズにかかった。

エンジン音の響く車内で振り返ると、そこにあった小屋が見当たらない。

「柱も傾いでいて、今にも壊れそうな小屋だったけど……車に乗るときに倒壊したんなら、屋根や柱とかが残りますよね？」

小屋があったと思しき辺りには廃材の一片も無く、見覚えのない雑草が豊かに伸び茂っているのみだった。

広恵さんが首を傾げていると、彼氏が車を急発進させた。

「あんな小汚《ごぎたね》ぇ爺《ジジイ》、よく車に乗せようと思うよな！」

「えっ、爺？　年端もいかない子供だったじゃない」

広恵さんが反論すると、〈どう見ても爺だったろ、ちょっとお前おかしいよ〉と吐き捨てるように言って彼氏は車のスピードを上げた。

帰り道、彼女は彼氏から延々と愚痴を聞かされた。

行き倒れを俺の愛車に乗せようとするなど許せない、お前の車なら好きに乗せればいいけれど俺の車が汚れても平気なのか？　などと彼氏は広恵さんを責め続けた。

「それで、彼がけちくさい人だったと気づいて嫌になってしまいました」

自宅付近で車から降ろされたとき、疲れ果てた彼女に他者を思いやるだけの気力は残っていなかった。

「傷だらけの子が気にならなかったと言えば嘘になりますけど、あの子は何か触れてはいけない存在のような気もして、それきりです」

後日調べたところ、件《くだん》の小屋があった場所は、彼女の祖父の出身地に近いことがわかった。

小屋の中にいた子供は昔置き去りにされた祖父の友人だったのではないかと広恵さんは考えている。

「あの子、本来の年齢は祖父と同じくらいだから彼氏にはお爺さんに見えたのかも……祖父の孫である私にだけは、かつての若い姿を見せたんじゃないかと思うんです」

当事者に照会したいところだが、彼女の祖父は数年前に亡くなったという。

広恵さんは確認のために小屋のあった場所を再訪したがっていたが、〈今度は帰れないかもしれませんよ〉と忠告しておいた。

ちゃんかちゃんか

小田イ輔

小さい頃、言うことを聞かなかったり、だだをこねたりした時に、親から「お化けくるよ！」みたいに言われませんでした？　え？　あぁ、はいはい「モー」とか「モッコ」っていうのは東北地方では結構言われるみたいですね「モーが来るよ」って。

ええ、僕の場合は「ちゃんかちゃんかになるよ」って、そう言われてました。両親じゃなくて祖母にですけどね。うちは共働きで、親は殆ど家にいなかったんで、僕は小学校ぐらいまでは祖母に育てられたようなもんなんです。

それで「ちゃんかちゃんか」なんですけど、不思議に思いませんか？「お化けが来るよ」でも「モーが来るよ」でも、ようは家の外から怪しい何かが「来る」から、それに連れて行かれたくなければ言うことを聞きなさいっていう、そういう脅し文句ですよね？

でもうちの場合、「ちゃんかちゃんか」に「なる」なんですよ。なんとなく「アホになるよ」みたいなニュアンスはありますけど、わかりませんよね？　だから僕も子供ながらに違和感はあったんです「ちゃんかちゃんかって何のことだよ」って。むしろ楽し気な雰囲気すらしてくるっていうか、ええ、ちょっとリズム感ありますよね、お祭りみたいな。

僕はそれを、小さい頃に繰り返し言われていたので、ずっと覚えてたんですね。それである時、高校生ぐらいだったと思いますけど、当時はまだ祖母も元気だったので訊いてみたんです。「ちゃんかちゃんかになる」ってどういう意味だったの？　って。

そしたらこれ、元になったのは祖母の子供のころの体験だったんです。うちの祖母は大正時代に海沿いの集落で生まれて、そこで暮らしていたんですけれど、その集落に「ずっと踊り続けている男の人」が居たらしいんですよ。下手すると殆ど寝たり食べたりもしてなかったんじゃないかって、そんなわけないですけどね、祖母は真顔でそう言ってました。

それで集落の子供たちは、その踊っている人の家に行ってですね、それを見ながら「ちゃんかちゃんかちゃんかちゃんか」って声をかけて、合いの手みたいにして囃し立てていたそうなんです。祖母の話だと、妙な大人を子供がからかっているっていう構図だったらしい。

ただね、それが他の大人に見つかってしまうとすごく怒られた。踊っている人自身は、子供にそうやって囃し立てられると嬉しそうな顔で、いっそう激しく身振り手振りしたって話ですけど、それは、他の大人に見つかってはダメなことだったみたいなんです。

でも、だからこそ子供は魅《ひ》かれるわけ、怒られるからこそ尚更それに興味が向いちゃうってこと、ありますでしょう？　祖母たちもそうだったみたいで「ダメ」って言われれば言われるほどやりたくなる、その人の家に行って「ちゃんかちゃんか」言いながらからかうことが楽しくて仕方ない。ただ、そうやって遊んできたことが親とか大人にバレちゃうと「あんなもの普通は見えないんだから！」って、大目玉をくらうと。

ね？　この辺から怪しくなるんです、この話。

ようは祖母を含め子供たちはそれを「頭がおかしいだけの実在の人物」と捉えていたわけです。でも、祖母が言うところの大人の反応を考えれば、どうもその認識は違うんじゃないかと思わざるを得ない。ええ？　ああそうですね、確かに「社会的に無かったことにされている人」っていう線もあるにはありますね、村八分っていうかね。

まァ、祖母の話を続けるとですね、踊る人は、ある日を境に突然どこかに消えてしまったらしい。いつものように集落の外れの家へ皆でからかいに行ったら、そこには誰もいなかった。ガッカリして、帰ろうとしたところ、一緒に居た祖母のお兄さん、一番歳の近かったお兄さんって人が、急に狂ったように踊りだしたと。まるで、居なくなってしまった、踊る人が乗り移ったみたいに。

そしてそのまま、三日三晩踊り続けて亡くなったそうなんです。夜も寝ないしご飯も食べない、最後は縛り付けられて動けないようにまでされたのに、首だけはこう、リズムでもとるみたいにずっと動かして。どこか遠くをみているような、すごく楽しそうな表情だったらしいんですが、何を言ってもきかないし、喋りもしないまま、最後はパタッと動かなくなって、そのまま。

それが祖母にとってすごく恐ろしい思い出だったみたいで、後に僕が生まれて、言うことを聞かなかったり、うるさく騒ぐような時には「ちゃんかちゃんかになるよ」って、自分が親の言うことを聞かなかった時の失敗を重ねてね、脅していたつもりだったようです。

僕は僕で、祖母がキツイ口調で「ちゃんかちゃんかになるよ！」と言うものだから、それが何なのかわからないままに、子供ながら空気を読んで、大人しくするようになったと。

まぁ、そういう話なんです。踊る男の人っていうのが、実際に存在していたのかどうか、あるいは、祖母の親が言うように「普通は見えない」存在だったのか、ハッキリしたところはわからないんですけどね。

祖母はね、晩年は認知症になって介護施設に入ってたんです。それでよく、車椅子に座ったまま、ニコニコしながら手を使って踊りみたいな動きをしてたんですよ。もう意思の疎通はできなかったし、僕が行ってもどこの誰かわからなくなってましたんで、ちょっとイタズラ心でね、祖母の耳元で「ちゃんかちゃんかちゃんかちゃんか」って、リズミカルに言ってみたことがあって。そしたらね、声出して笑いながら激しい身振りでね、ひらひらひらひら手を動かすんです。

よっぽど思い出深かったというか、トラウマみたいになってたんでしょうね。

もろいののじちゃ

黒木あるじ

変なことを言うものだなあ——と、彼女は三歳になる我が子をしげしげと眺めた。祖父母の家へ里帰りした三日前から今日まで、愛息はおなじ科白をくりかえしている。

もろいののじちゃ。もろいののじちゃ。

はじめは「祖父母いずれかが方言を教えたのだろう」とばかり思っていた。この辺りは古戦場だの落人だのと歴史も古く、お国言葉も独特のものが多かったからだ。

だが、「あの子はなんと言っとるのかねえ」と目を細める祖父を見て、そうではないと知った。しばらく観察するうち、息子はきまって「もろいののじちゃ」と言いながら、庭を——正確には、庭の向こうに広がる雑木林を凝視しているらしいと気がついた。

もっとも、それが判明したところで発言の意味は解らない。むろん本人にも訊ねたが、「もろいののじちゃ」と返すばかりで、なにも手がかりはつかめなかった。

ようやく正確にたどりついたのは、四日目の深夜。

妙な肌寒さに目を覚ます。ふと見れば、いつのまにか隣で寝ていたはずの息子が布団を抜け出し、夜風を入れようと開け放った窓の向こうを指している。

「ほら、もろいののじちゃ」

促すような口ぶりに、指で示した方角へ視線を移す。

雑木林の手前を、人が歩いていた。

その頭部がおかしい。スプーンでえぐったカップアイスのように、上半分が欠けている。

おまけに、月光に照らされたシルエットが妙にいかめしい。どう見ても洋服ではない。

がしゃら、という金属音で、それが甲冑《かっちゅう》だと気づいた瞬間「あ、そうか」と叫んだ。

鎧《よろい》のおじちゃん、だ。

途端にぞっとして、息子を引き寄せると布団を頭からかぶり、強引に眠った。

翌朝、予定を変更し今日中に帰ると告げたところ、祖父母はたいそう残念がった。寂しそうな表情に胸が痛んだものの、理由はどうしても言えなかったという。

数年前、東北の某山村での出来事である。

鬼女と山姥

神 薫

勇也さんが高校生のころ、同居の祖母に異変が起きたという。

「きっかけはわからないんですが、バアちゃんがすごく元気になっちゃったんです」

高齢者が元気なのはいいことだが、その程度が問題だった。

ある日突然、祖母は一日中家を留守にするようになった。それまで近所を散歩するのも億劫がるほど出不精《でぶしょう》だったのに、行先も言わず早朝に家を出ていき、日付が変わるころまで戻らなくなった。

帰宅した祖母は酷く様変わりしていた。家族との会話もなくなり食事を手づかみで食らうなど、祖母の激変ぶりに勇也さんはおののいた。

「大の風呂好きだったのに全然入らなくなるし、バアちゃんが俺の知らない人になったみたいで……両親は〈いよいよバアちゃんに来る時が来た〉って、覚悟を決めた感じでした」

認知症の疑われる祖母を、力ずくで病院に連れて行こうとしたこともあった。だが、家族三人がかりで引き留めようとしたところ、老体に見合わぬ怪力に父親までもが敵《かな》わず振り払われてしまった。

「バアちゃん、体は健康そのものでしたからね。もう少し落ち着いたら病院に連れて行こうって」

しばらく様子を見ることに決めた一家だったが、気がかりは祖母が徘徊して余所《よそ》様に迷惑をかけていないかということだった。

早朝から深夜まで、祖母はどこに行っているのか。

両親から頼まれた勇也さんは、祖母を尾行することにした。

その日の朝、勇也さんは裏山を目指して走る祖母の後を追った。

若者でも足元に苦労する急峻な山道を、まるで野生動物のように駆け上る祖母に舌を巻いたという。

「俺、足は速い方なのに、どういうわけか八十近いバアちゃんに追いつけなかったんですよ」

何度かトライしたのだが、いつも山道の途中で祖母に振り切られてしまった。

「木に飛びついて、するするするっと上まで登っていって撒かれちゃったんです」

猿の如く樹冠から樹冠へ飛び移り、祖母は勇也さんを置き去りにしたのだという。

小柄で体重が軽いからできる芸当で、男子高校生にそんな真似はとうてい無理だった。

それで、祖母が裏山で一日を過ごしているらしいとわかった。

「おやじは〈惚《ぼ》けると脳のリミッターが外れて身体能力が増すんだろう〉って言ってましたけど、どうなんでしょう」

人格変容をきたして家族や他人に暴力をふるうタイプの認知症は存在するが、このように、火事場の馬鹿力が毎日持続するケースは稀だ。

「バアちゃんがヤマンバみたいになって一週間くらいだったかなぁ。うちに拝み屋さんが来たんです」

夕刻、勇也さん宅を訪れた拝み屋は母親と同年代の中年女性で、いかにも実直そうな人物に見えた。

拝み屋は〈修業のため、お宅のお婆さんを祓わせてほしい〉と言った。

父親は〈大金を取られるのでは〉と難色を示したが、拝み屋から〈お金をいただくと修業にならないので無料で祓う〉と言われ、了承した。

「今思うと、おふくろは最初からお祓いに大いに乗り気だった気がします」

勇也さんの家族三人と拝み屋を合わせた四人で、祖母の帰りを待った。

「拝み屋さんが、山から帰ってきたバアちゃんの背中に素早く回り込んで」

拝み屋に首の付け根を打たれるやいなや、玄関の上り框《かまち》に崩れ落ちる祖母。

「その人、お札も何も使わなかったですね。呪文もお経もなかったな。首筋をポンっと軽く叩いただけで、悪いモノならもう落ちたと」

静かな寝息をたてる祖母を、父親が抱きかかえて寝室に連れていく。

その陰で、勇也さんは思いもよらぬ場面を見た。

母親が拝み屋と視線を交わしてにやりと笑ったのだ。

「そのときのおふくろの笑みが、なんだか厭《いや》らしく見えて気になったんです」

ひそひそ拝み屋と話す母親が〈うまくいった〉と言ったように聞こえて、勇也さんはなんとなく胸騒ぎがしたという。

次の日の朝、目覚めた祖母はすっかり惚けていた。

話しかけても祖母から意味ある言葉は一つも返ってこず、病院に連れて行こうと手を貸しても自力で起き上がれなくなっていた。

慌てて村の診療所に担ぎ込むと、祖母はひどい骨粗しょう症で背骨が複数つぶれているため、歩行は難しいだろうと言われた。

「医者に〈昨日までバアちゃん山に登ってました〉って言ったら、〈嘘だろう〉って信じてもらえなかったですね」

それから三日後、寝たきりになった祖母は八十年の生涯を閉じた。

「バアちゃんが亡くなってしばらくは後悔しましたよ。山を駆け上がるくらい元気だったんだから、あのときお祓いしなけりゃもっと長生きしたんじゃないかって」

祖母の死後、生き生きとし始めた母親に勇也さんは戸惑った。

お祓いの際、母親の言う〈うまくいった〉とは何だったのか。

農家の嫁の常として、母親は働き尽くしだった。

そんな嫁姑の仲は、けして良好なものではなかった。

頑健な肉体を誇る祖母はこれまで持病一つなく、百歳過ぎまで生きるつもりだと普段から豪語していた。

拝み屋に能力があれば意のままに悪霊を祖母に憑かせ、また祓うことも可能だろう。

母親と拝み屋の間に流れる空気は初対面の者のそれではなかった。

二人が旧知の仲だとしたら、こうなることを見越して母親が密かに拝み屋を呼んだのではないか。

もしかすると、もしかしたら……勇也さんはどうしても疑念を払拭できなかった。

「本人に問いただそうにも、もうできなくなってしまいました。疑ってぎくしゃくしてるうちに、おふくろが頓死《とんし》しましてね」

農作業中の突然死だったという。

立て続けに母親と妻を喪《うしな》って気落ちしたせいか、二人の後を追うように父親も亡くなった。

あのときの拝み屋は名前も名乗らず、どこの誰ともわかっていない。

雪かき

つくね乱蔵

谷口さんは小学生の頃、福井の山奥で暮らしていた。

冬になると、陸の孤島と呼ばれるほどの豪雪地帯である。

毎日のように雪下ろしをしても、到底追いつくものではない。村の家はすべて深い雪に埋もれ、ただ静かに春を待つ。

雪下ろしは大変に危険な作業であり、毎年、なんらかの事故が起きた。

腰痛に悩むぐらいならまだしも、足を滑らせ屋根から落ちて骨折する者も珍しくなかった。

しかし、もっと恐ろしいのは、屋根から落ちてそのまま雪に埋もれてしまうことだ。

雪質の柔らかい新雪だと頭の天辺まで埋まってしまい、なかなか這い上がることができない。

それでも、体力のある者は何とか自力で抜け出せたのだが、石川家の節子という老婆は、残念ながら雪の中で力尽きた。

更に、ひとり暮らしであったことが老婆の発見を遅らせた。

その翌朝。近所の犬が節子婆さんを発見した。

節子婆さんの家の辺りを駆け回った犬の小便が、軒下に積もった雪を融《と》かしたのだ。

そこから、右手首が突き出していた。

雪の中で最後までもがき苦しんだのだろう。その手は雪を固く握り締めていたという。

節子婆さんは身寄りもなく、家は直に廃屋となった。


週末にまた大雪が降った。

雪を下ろす者がいなくなった節子婆さんの家は、巨大なカマクラのようになった。

このままにしておくと、家が潰れてしまう。誰も住まない家ではあるが、潰れてしまうと雪が融けた後に危険な半壊家屋となり、却《かえ》って厄介になる。

そこで、村人は順番を決めて節子婆さんの家の雪を下ろすことにした。

最初に行ったのが谷口さんの班であった。

手際良く雪を下ろす大人達を待ちながら、谷口さんはスキーで遊んでいた。

小さなジャンプ台を作り、気分はオリンピック選手である。
「よし、もう一度。今度はもっと遠くから飛ぶぞ！」
スキー板を肩に担ぎ、下ろしたばかりの雪の山を踏み固めながら登った。
この辺りでいいかな、とスキーを履こうとした——そのとき。
不意に、足首を掴まれた。
一瞬、見下ろす。
雪の中から突き出た皺だらけのか細い手が、谷口さんの足首を握り締めていた。
あっ、と悲鳴を上げる間もない。
谷口さんは強い力で雪の中に引きずり込まれた。
雪中には、思いがけず大きな穴があった。
そこに積もっていた雪は、おそらく二メートル程度の深さしかないはずだ。
しかし、谷口さんの身体はずぶずぶと雪の奥に引き込まれた。
二メートルどころではない。もっとずっと深い。
もがきながら足下を窺うと、老婆の顔が見えた。
その顔は雪よりも白い。

ぽっかりと開けた口には雪が詰まっている。

雪だるまのように真っ白いのに、その両目だけが真っ赤だった。

谷口さんは、握り締めていたストックで、何度も何度も老婆を突き刺した。

手応えはあった。

老婆の身体を踏みつけ、その戒めを振り払いながら、ようやく首から上を雪の穴の外に出すことができた。

「誰か！　誰か！」

谷口さんの必死の叫びを大人達が聞きつけた。

「なした！」

異変に大人達が気付いた瞬間、足首が軽くなった。見ると、谷口さんの足首から手を離した老婆は、穴の奥深くの暗い闇にゆっくりと沈んでいった。

大人達は引きずり出されたあと、穴を覗き込んでみた。しかし、そんな闇はどこにもなく、もがいて踏み固められた雪の穴底があるだけだった。

谷口さんは、大人になり村を離れた今でも、時折あの真っ赤な目を思い出すという。

お祭り

黒 史郎

福岡の田舎に住む親戚から、和田さんが二十年以上前に聞いたという話。

戦前のことだという。椎茸の採れる四月前後、村の人たちが集まる日があった。

お祭りとかオコモリといっていたが祭囃子《まつりばやし》などもなく、家々で寿司やら握り飯を作って、それをヒノキの薄板で作ったワリゴという箱に入れて、氏神様のところへ持っていった。

それが済むと集会場に集まって、多めに拵《こしら》えてあった寿司とにぎり飯と煮物なんかを並べ、みんなで食べるのだが、ある年、氏神様に供えるほうではない、みんなで食べるほうの握り飯だか寿司のなかに、指が入っていた。

子供の指で、そんなものが入った握り飯だか寿司が十二、三も出てきたものだから大騒ぎになった。

村の子供は一人もいなくなっていないので、どこの子供の指なのかもわからなかった。

旅館の少年

戸神重明

長野県上田市で桂旅館を経営している男性、桂さんは、年齢を重ねた現在ではほとんどなくなったが、幼少期から青年期にかけて、さまざまな幽霊を目撃してきた。

また、大きな事故が発生するときは、一週間ほど前から頭痛が起きて、

「頭が痛い！　何か起きるよ……」

と、騒ぐことがあったという。

主な例を挙げると、一九八五年に群馬県多野郡上野村で発生した日本航空一二三便墜落事故、一九八八年に中国上海で発生し、高知県の高校生や教師が犠牲となった上海列車事故、一九九四年に愛知県春日井市の名古屋空港で発生した中華航空一四〇便墜落事故などを言い当てたので、桂さんが騒ぐときは家族も遠出を控えるようにしていたそうである。

これは桂さんが小学三年生の頃。

当時は旅館に住み込みの年老いた女性従業員がいて、桂さんは彼女に懐いていたので、帳場の隣の部屋で一緒に寝起きをしていた。

その夜、桂さんは眠っているうちに、いつの間にか自らの身体が天井近くに浮かんでいることに気づいた。眠っているもう一人の自分と女性従業員の姿が真下に見える。

（ああ、夢を見ているのか）

と、子供心に思いついた。

夢というのは大抵の場合、これは夢だな、と気づくとまもなく覚醒するものなのだが、このときは違った。次の瞬間、桂さんは草木が生い茂るばかりの、うら寂しい土地の上空を浮遊していたという。夜空には、満月に近い月が冷たく輝いていた。

（どこだろう、ここは？）

しばらく夜空の低い位置を飛んでいたが、建物らしきものはまったく見当たらない。山と山に挟まれた谷間の休耕地のような光景が続いている。

夢とも現《うつつ》ともつかない世界で、場所がどこなのかもわからない、そこに自分以外は誰もいない――子供だった桂さんは、ひどく不安な気持ちにさせられた。

（誰かいないかな？）

焦《あせ》りながら必死に飛び続けると、ようやく前方に大きな平屋建ての屋敷が見えてきた。その奥には道が続いていて、家屋が何軒か並んでいるので、村があるらしい。

平屋建ての屋敷の前には、蕎麦畑が広がっていた。白い花が咲き乱れている。桂さんはその中に舞い降りると、月明かりを頼りに屋敷を眺めた。立派な縁側に囲まれていて、その内側に障子がある。障子から橙色の灯りが漏れていた。

（あっ。誰かいる！）

障子に人影が映っていた。目を凝らすと、室内には大勢の人々がいて、列を成して座敷を歩き回っているようだ。桂さんは少し安心して、蕎麦畑から屋敷の広い庭に足を踏み入れた。静かに縁側へ近づいてゆく――。

ところが、縁側まであと五メートルほどの位置まで来たとき、忽然と、障子が音もなく左右に開かれた。

広い座敷に数十人の人々が立っていて、こちらを見つめている。服装は普段着を着ているものがほとんどであった。皆、無言で無表情だったが、

（おいで――）

と、手招きをする。

桂さんは釣られて何歩か歩み寄った。

しかし、あることに気づいて、思わず立ち止まったという。

座敷にいる人々は皆、片手に妙な木の板を持っていた。おまけに服装も一変した。最初は普段着の洋服姿だったが、一瞬にして全員が白装束の着物姿に変化したのだ。

後になって考えてみると、妙な木の板は戒名を書いた位牌だったらしい。

その上、よく見れば、屋敷は障子が破れ、縁側には穴が開いた箇所があり、屋根の一部も崩れ落ちていた。ぼろぼろの廃屋である。

（行っちゃ駄目だ！）

子供心にそう直感した桂さんは踵を返した。来た方向へ広い庭を引き返す。なぜか飛ぶことができなかった。背後が気になって振り返れば、大勢の人々が裸足のまま庭へ駆け下り、追いかけてくるのが見えた。

（うわっ！　大変だっ！）

桂さんは必死の思いで走った。そして広い庭の隅、あと少しで蕎麦畑に到達する場所まで来たときに、井戸があることに気づいた。昔ながらの石組みの井戸である。

そのとき、脳裏で男性の声が響いた。

「そこへ飛び込め！」

声の主が誰だったのかはわからない。父親や祖父など、知っている親族の声ではないようであった。ただし、力強い声だったことは確かである。

桂さんは井戸の前で立ち止まって、中を覗き込んだ。とはいえ、井戸の底は見えない。そもそも真っ暗で、水があるのか否かもわからなかった。

わずかの間、躊躇《ためら》っていると、白装束の人々が間近まで迫ってきた。

(駄目だ！　捕まっちゃう！)

どんな目に遭わされるのかはわからないが、とにかく捕まってはいけない気がしていた。

しかも再び、

「大丈夫だから！　飛び込め！　頑張れ！　早く！」

と、力強い男性の声が脳裏に木霊《こだま》した。どこか温かさも感じられる声であった。

桂さんは一か八か、死に物狂いで井戸へと身を躍らせた。

このとき白装束の男に、着ていたパジャマの襟首を掴まれそうになった。だが、一瞬早く飛び込めたので、背中を引っ掻かれただけで済んだ。

真っ暗な井戸の中を落ちてゆくと――。

突然、景色が変わって、夜空を飛んでいた。

眼下には、見慣れた上田市の街並みが広がり、やがて自宅である旅館の瓦屋根が見えてきた。桂さんの身体は、瓦屋根を通り抜けた。すると天井裏に出たのだが、また身体が板に溶け込むようにして、天井裏を擦り抜け、帳場の隣の部屋に出た。

眠っている自分の姿が真下に見える。帳場でテレビを観ながら話している母（女将）と祖母（先代の女将）の声が聞こえてくる。

（良かった！　戻ってこられた！）

泣き出してしまいそうなほど安堵したが、自分の身体に戻れなかったらどうしよう、という不安な気持ちも湧いてきた。

背中から、自らの身体に覆い被さるように、あるいは貼りつけるかのように、ゆっくり降下してゆくと……いつしか上から見ていた寝相と同じ姿勢で布団に横たわっていることに気づいた。帳場からは、先程と同様にテレビを見ながら話す母と祖母の声が聞こえてくる。話している内容も同じだったという。さらに、背中にひりひりとした痛みを感じた。

それで翌日、母に訴えると、着ていたTシャツを脱ぐように言われたのだが、

「どうしたんだい⁉　痒《かゆ》くて自分で引っ掻いたの？」

と、母は傷を見て驚いていた。

背中に五指の爪で引っ掻いたような蚯蚓腫《みみずば》れがあったそうだ。

この傷は、母に消毒薬を塗ってもらったら、一週間ほどで治った。


桂さんによれば、〈幽体離脱〉と呼ばれる現象だったのではないか？　とのことだが、あの村は何だったのか、現存する場所に心当たりもなく、未だにわからないという。

そして件の屋敷に入っていたら、どうなっていたのか？　井戸へ飛び込まずに捕まっていたら、果たして自分の身体に戻れたのだろうか？　などと考えると、今でも寒気を覚えるし、幽霊は何度も見たことがあるが、この体験が一番恐ろしかった、とのことである。

多頭飼い

内藤駆

犬も猫も大好きなベテラン保育士の赤坂さん、彼女が三十年以上前に体験した話だ。

当時、赤坂さんは小学六年生で和歌山県のS村という場所に住んでいた。そのS村の外れには、南さんという一人暮らしの裕福なお婆さんがいたという。

南さんはその地域の有力な一族の末裔で、広い自宅と庭兼駐車場を保有していた。

また大の犬猫好きの南さんはその敷地内に七匹の犬を放し飼いにしており、加えて近所にいる無数の野良猫たちにも餌を上げていた。

だから南さんの家は常に庭を走り回る犬たちと、エサを求めて屋根やら塀にたむろする猫たちによって支配されているように見えた。

裕福だが孤独な老婆は、沢山の犬猫を世話することで寂しさを紛らわしていたらしい。

だがいくら広い敷地とはいえ、そんなにたくさんの犬猫が一つの家に密集していたら、鳴き声やら糞尿などの問題も当然あった。

しかしそこは裕福な南さん、今で言う家事代行サービスのような業者を定期的に呼び、犬猫の世話をひっくるめて家や庭の片づけや清掃などを全てしてもらっていた。

そのおかげで近所からは苦情等はほとんど無かったが、この犬猫好きな孤独な老婆を、周りの村人たちは変人扱いし、敬遠していた。

しかし同じ犬猫好きの赤坂さんだけは、南さんの家に抵抗無く遊びにいったという。

定期的に清掃をしているとはいえ、沢山の犬猫がうろつき、決して衛生的とは言えない南さんの家に行くことを、赤坂さん両親はよく思ってはいなかったそうだが。

子や孫のいなかった南さんは訪ねてくる赤坂さんをいつも歓迎し、可愛がってくれた。

赤坂さんが来ると南さんは毎回高そうな洋菓子などで、もてなしくれたという。

老婆と少女は居間で犬猫を交え、学校での出来事などを話し、楽しい時間を過ごす。

だが時間が経つと南さんは「私がいなくなったら、この犬猫たちはどうなるんだろうねぇ。夫もさっさと天国へいってしまったし、私たちには子供もいなかったから……」と、お菓子を頬張る赤坂さんを前にして悲嘆に暮れる。

これがおしゃべりの終盤に来る、お決まりのパターンだったそうだ。

ある土曜日の昼、小学校を終えた赤坂さんはいつもの様に南さんの家へ遊びにいった。

だがその日、老婆の家の様子はいつもとは大きく違っていた。

駐車場を自由に走り回る犬たちや、庇や塀に寝そべる野良猫たちの姿が、一匹も見当たらなかったのだ。

犬猫たちの姿が消え、静まり返った南さんの家に赤坂さんは眉をひそめる。

赤坂さんは玄関のチャイムを鳴らすが、いつもはすぐに聞こえてくるはずの南さんの返事も無かった。

試しにドアノブを回すと、鍵はかかっていなかったので、南さんの身が心配になった赤坂さんは無断で家の中に上がった。屋内は照明がついていたが、全くの無音状態だった。

「こっち、こっちだよ」

唐突に居間の方から南さんの声が聞こえてきたので、赤坂さんはややためらいながらも奥へと進む。しかし居間には誰もいなかった。

その代わりいつもは閉じている立派な襖が開いており、居間の奥にある南さんの寝室が見えたという。

畳敷きの寝室の真ん中には、布団が敷いてあった。

その布団を囲んで、たくさんの人々が正座をしていた。

赤坂さんの記憶だと、寝室にいた人々の人数は二十人くらいはいたということだ。

全員、お葬式などで着るような黒い衣服に身を包み、布団に向かってうなだれている。

正座をしている人々は老若男女様々で、中には母親らしき女性に抱かれている園児服を着た幼い子供も混じっていたという。

敷いてある布団からは、本来寝ているはずの南さんの顔どころか手足も出ていない。

ただ敷布団の中央だけが亀の背中の様に、こんもりと盛り上がっていた。

その盛り上がった部分から「こっち、こっちにおいで」という、聞きなれた南さんの声が聞こえてきた。

同時に正座していた全員が顔を上げ、一斉に赤坂さんのことを見た。

全員、見たことの無い顔だったにもかかわらず、不思議と赤坂さんはその人々を知っている気がしたという。

布団を囲む人々は、無表情のまま赤坂さんに視線を注ぎ続けた。

「こっち、こっちにおいでって……早くこっちに来るんだよ！！」

布団の中から、今まで聞いたことの無い南さんの怒鳴り声が寝室内に響き渡る。

寝室の異様な雰囲気に耐えられなくなった赤坂さんは、逃げる様に老婆の家を出て自宅に帰った。

翌日、普段は遠くに住む南さんの数少ない親族がたまたま訪ねて来て、布団の中で冷たくなっていた孤独な老婆を発見したという。死因は心不全だった。

ここからは赤坂さんの両親が、南さんの葬儀の際、彼女の親族から聞いた話だ。

南さんが発見された時、彼女が飼っていた七頭の犬と十四以上の野良猫たちが、全て死んだ状態で布団を囲む様に横たわっていたという。

犬猫たちの死骸に外傷は無く、死因は不明。

そして南さんも犬猫たちも皆、何か満足したような穏やかな顔をしていたらしい。

その話を聞いた赤坂さんは生前、南さんの口癖だった「私が死んだら犬猫たちがどうなるんだろうねぇ」というセリフを思い出したという。

同時に亡くなった南さんが発見される前日、寝室の布団の中から聞こえた「……早くこっちに来るんだよ!!」という怒鳴り声も。

「あの時布団に近寄っていたら、私はどうなっていたのだろう?」と、赤坂さんは今でも思い返し、震える時があるという。


現在、S村という名前は市区町村合併で消えてしまった。

しかし赤坂さんによれば廃墟となった南さんの家は、現存しているという。

そして廃墟の周りでは、今でも野良猫の死骸がよく見かけられることで有名らしい。

さらに散歩中の犬たちも廃墟に近づくと狂ったように吠えて、そこに近寄ることを必死に避けようとするという。

埼玉北部弁の女

戸神重明

埼玉県熊谷《くまがや》市在住の五十代男性、岡本さんの体験談である。

熊谷市は人口約十九万人と、埼玉県北部では最大の都市だが、実は絶滅危惧種で埼玉県の天然記念物に指定されている珍魚、ムサシトミヨが世界で唯一生息する元荒川の源流が流れていたり、野菜、米、麦などを多産する平地の農村が広がっている。

これは岡本さんが生まれ育ち、三十代の半ばまで住んでいた家でのできごとだ。

熊谷市内を流れる荒川沿いには、かつて江戸時代から舟運業《しゅううんぎょう》で栄えた新川村《しんかわむら》（現熊谷市新川）が存在していた。鉄道の発達で舟運業が廃れると、養蚕業が盛んになったものの、絹製品の需要減少や度重なる荒川の洪水に苦しめられて、住民は徐々に離れていった。新川村と荒川との間には堤防がなかったのである。

岡本家は初め、新川村に旧宅と新宅を所有し、昭和初期の頃から新宅のほうに住んでいたが、父親が小学生だった昭和二十二年（一九四七年）にカスリーン台風が襲来し、命の危機に曝《さら》されたのを機に、家族で村を出たという。ただし、新宅は無事だったので、家屋を分解して、新たに住むことになった近くの安全な土地まで運び、組み直したそうだ。

この家は二階建てで、家族の住まいは一階にあり、二階は養蚕小屋として使っていた。元々、膨大な数の蚕《かいこ》を飼うための空間なので、部屋はなく、広いぶち抜きの状態になっていた。しかし、父親が結婚したときに仕切りを設けて三つの部屋を造ったという。

岡本さんは中学生になった頃、その一部屋を与えられた。

仕切りの障子はいわゆる〈雪見障子〉で、真ん中に板ガラスが嵌め込まれていて、そこから廊下や一階と行き来する階段の下り口が見えるようになっていた。階段は取り外しが可能なものであった。

岡本さんが高校生になったある夜のこと。

彼は自室で試験勉強をしていたが、途中で眠くなり、机に突っ伏してうたた寝をしていた。だが、じきに目が覚め、何気なく障子のガラス窓を見ると、階段の下り口が明るい。

電灯が点いている。

（おや、いつの間に？）

先程までは真っ暗だったので、意外に思った。両親は既に寝室で眠っているはずなのだ。

しかも、下り口の前には人が立っていた。いや、正確に言えば、着物を着た女の両足が
立っていた。紫色をした矢絣《やがすり》の長い着物で、時代劇に出てくる奥女中を彷彿《ほうふつ》とさせる。

腰から上はガラス窓の幅が狭いため、確認できなかった。

（ん？　寝惚けているのかな、俺……？）

岡本さんは一度目を閉じてからまた開けてみたが、女の足は消えなかった。

（まさか、現実？）

そう思って見ていると、数秒後に消えた。

岡本さんは些《いささ》か驚いたが、怖いとは思わなかった。彼は元来、〈見えない人〉だったので、
このときは目の錯覚ではないか、と考えたそうだ。

両親にも「寝惚けてたんだんべ」と言われるだろう、と思い、黙っていることにした。


それから数ヶ月が経って、自室で寝ていたときのこと。

岡本さんは床に茣蓙《ござ》を敷き、その上に布団を敷いて寝ていたのだが、夜が明けてきた頃、生まれて初めて金縛りにかかった。このときは覚醒していたにも拘らず、目は閉じたままの状態であった。開けられなかったのだという。

ほどなく、布団の周りを歩き回る足音が聞こえてきた。

(何だろう?)

そのうちに足音がやんで、ずし！　と腹の上に何かが飛び乗ってきた。

(ミーコか！)

岡本さんの家では、蚕を狙って鼠がよく出るので、猫を絶やすことなく飼い続けていた。だから当時飼っていたミーコが障子を開けて部屋に入ってきたのかと思ったのだが、実はこれより一週間ほど前にミーコは年老いて病死していた。すぐにそのことを思い出した。

(あ、違う。ミーコはもう、死んじゃったんだいな)

次の瞬間、腹の上の重みがなくなった。

すると、今度は部屋の隅のほうから何度も溜め息を吐く音が聞こえてきた。猫ではなく、人間の吐息、それも男のようだ。気配からして、こちらをじっと観察しているらしい。

しばらくすると、溜め息が聞こえなくなった。

そして岡本さんは、やっと目を開けることができた。

（誰だ⁉）

慌てて周りを見回したものの、誰もいなかったという。

今度はさすがに気味が悪かったので、その朝のうちに両親に話したのだが、

「古い家だから、そんなこともあるんじゃないん」

と、言われただけで終わってしまった。

その後、金縛りにかかることはあっても、怪異と遭遇することはなかった。成人になって年齢を重ねると、金縛りにかかることもなくなった。


岡本さんが三十代の半ばになった頃、荒川沿いにスーパー堤防が造られることになり、引っ越しをしなければならなくなった。そこでおよそ一キロしか離れていない、同じ地域内に新居を建てることに決めた。よその土地のコミュニティに入るのは何かと大変だろう、と考え、地元から出たくなかったのだという。

新居が完成して荷物を運び終えると、長年住み慣れた旧家は役目を終えて取り壊されることになった。解体業者が入る前に、

「忘れ物がないか、見てきてくれ」

と、父親から頼まれた岡本さんは、一人で旧家の様子を見に行った。

家に入ってみると、何もなくて、がらん、と静まり返っている。自宅だった家屋なのに、雰囲気がまるで変わっていて、何やら怖い気がした。それでも隅々まで見て回り、忘れ物がないことを確認すると、引き揚げる前に玄関で一服したくなってきた。煙草に火を点けて吸いながら、懐かしい日々のことを思い出していると……。

突然、頭上から女の声が響いた。

「どこ行ぐん⁉」

大声で、どやしつけてきたような言い方であった。

『埼玉県には方言がない』と言う向きもあるが、実際には北部の群馬県寄りの地域には、群馬弁とよく似た〈埼玉北部弁〉があり、昔はそれが普通に使われていた。まさにこの女の声も、そうだったのだ。

四方を見回しても、もちろん、誰もいない。

（何だろう？　近所のおばちゃんの声が、外から聞こえてきたのかな……？）

岡本さんはそう考えることにした。とはいえ、家の中はそれきり静まり返ってしまい、薄気味悪かったので、すぐに新居へ帰ったという。

さて、岡本さんの両親も養蚕はだいぶ前にやめていたことから、新居は都会の家と変わらない現代住宅を建てていた。そこに住み始めてから何年も経って、誰もいないはずの二階から足音らしき物音が度々聞こえてくるようになった。

そしてある晩、岡本さんが居間でテレビを観ようとしたときのことである。

リモコンのスイッチを押す前から、ブン！　と音がして画面が点いた。

いわゆる〈砂の嵐〉になっている。その画面から女の声が聞こえてきた。

「どこ行ぐん⁉」

喧嘩腰のような、〈埼玉北部弁〉による強い口調であった。

岡本さんは何年も前の旧家でのできごとを思い出した。

「お、追いかけて……きたんかい⁉」

わずか一キロの距離を途轍もなく遅いスピードで移動し、新居にたどり着いたらしい。

それ以来、〈埼玉北部弁の女〉は姿こそ見せないが、物音を立てたり、電気系統に異変を起こしたりすることが多く、成人になった岡本さんの息子も自室のテレビがいきなり点

いたことがあったので、
「この家、俺の居場所ないじゃん！」
と、怖がっているという。

なお、旧新川村は昭和四十七年（一九七二年）にすべての住民が転出して廃村になった、とされている。

しかし、岡本さんの記憶によれば、それ以後も旧新川村には岡本家の旧宅が残存しており、そこで老婆が独り暮らしをしているのを幼い頃に見た覚えが幽かにあるという。親族ではなく、どうやら取り壊さずにいた旧宅を貸していたらしい。

もしかしたら、その老婆が〈埼玉北部弁の女〉の正体かもしれない、とのことである。

狐と鶴

卯ちり

瑛子さんの祖父母の家は農村にあり、半世紀ほど前は、田園が広がる景色の中に瓦屋根の日本家屋が点在する集落だった。

都内で暮らす瑛子さん一家は盆休みと年末年始には毎年帰省していたのだが、瑛子さんが小学三年生の夏休みのことだという。


その日は瑛子さんの父親と、同じ集落に住む同い年と二歳下の従弟兄妹と四人で散歩に出かけた。

家の前の畦道を歩いているところで犬の散歩をしている近所のおじさんと会い、雑種犬を触らせてもらえた。おとなしい犬で、子供三人が好き勝手に撫でまわしても吠えないのが嬉しく、犬と別れたあとも、今日はもっと生き物に触って遊びたいなという気分になっていたところ、梨畑にさしかかったところで運良く赤茶けた野良犬が姿を現した。

逃げたり吠えたりしないかな、遊んでくれるかな、と瑛子さんがおそるおそる近づくと、後ろから父親に制された。

「触るんじゃない。あれはキツネだ」


瑛子さんはこの時、生まれて初めて狐という動物を見た。

自分が今まで目にした狐の絵や写真と比べると、実物は犬っぽいんだな、と瑛子さんは思った。顔つきは大型犬のように精悍で険しく、赤茶色の毛足は短くて身体は痩せていた。尻尾はふさふさしておらず、猫の尻尾のように細くて長い。

梨畑から歩道に足を踏み入れた狐は瑛子さんたち四人を見つめ、踵を返さずにじっと立ち止まっている。


コーン、コーン、と辺りに硬い音が響いている。

狐を眺めていた瑛子さんが周囲を見渡すと、梨畑の向かいの、二階建ての蔵が建つ家の前でなにかが上下に揺れていた。

鶴だった。背丈が蔵の屋根まで届く、大きな鶴が長い嘴《くちばし》で地面を叩いていた。瑛子さんは鶴を見るのも初めてだが、長い脚と嘴を持つ大きな鳥の姿をしているので、きっと鶴なのだろうと認識した。鶴は逆光を背負っていて、色かたちはよく見えない。西日で引き伸ばされた鶴の影は、瑛子さんの足元まで伸びている。

釘のように鋭い嘴をゆっくり真下へ。
コーン、コーン、コーン
西日を浴びながら拍《はく》を打つ鶴。
道の真ん中で立ち止まる狐。
それを凝視したまま動かない父と従弟兄妹。
まるで、時が止まったようだった。

「今日ね、キツネをはじめて見たよ。あとツルも」
夕食のときに瑛子さんが話しはじめると、狐なんて見てないだろう、と父親が反論した。
「石井さん家の犬と遊んで帰ってきただけだろ。キツネなんて何処にいたんだ」

「梨畑にキツネがいたでしょ」

「今日は梨畑の前なんて通ってないぞ」


鶴どころか狐すら覚えていない父親とは話がかみ合わないので、翌日にふたりの従弟と一緒に、もう一度梨畑に行って狐と鶴を探してみようという話になった。梨畑は近所の複数の農家が栽培していたので、徒歩圏内にいくつか点在している。目印になるのは、梨畑の向かいの家の、二階建ての高い蔵だ。


昨日の散歩コースを思い出しながら、家の前のあぜ道を突き当たり、たしかここを曲がってから見えてくる梨畑……

見つからない。

この田んぼを曲がった先の、背の高い蔵……

やはり、見つからない。

子供の足で行ける範囲の道をくまなく歩いてみたが、梨畑と三階建ての蔵のある家に辿り着くことはできず、瑛子さんが東京に帰るまで、従弟兄妹の三人で何度も探してみたが場所はわからずじまいだった。

その年の暮れに瑛子さん一家がふたたび帰省した折、従弟の妹のほうが瑛子さんに近況を報告してきた。

「瑛子ちゃんがいなくなってからも、兄ちゃんとキツネのいた梨畑さがしたの、でもやっぱりわからなくて」

「そうなんだ」

「え、なにそれ」

従弟の兄が話に割って入ってきた。

「キツネ？　梨畑？　なに言ってんだよ。お前とそんなことしてねーよ」

兄の方は、すっかり忘れてしまったらしい。

その次は三か月後の春休み、祖父母の家に到着してすぐに、瑛子さんは従弟の妹に話を向けた。

「あのさ、キツネがいた梨畑って、みつかった？」

「なんのこと？」

妹のほうも、散歩で狐を見つけたことも、梨畑を探したことも、一切憶えていなかった。

今思えば、狐の尻尾が猫みたいに細かったのも、背丈が屋根に届くほどの鶴も、小さな子供の目見当《めけんとう》だったかもしれない、と瑛子さんは思っているが、それでも、自分だけが忘れそびれて記憶に留めてしまっている、ということに、少しだけ不安を覚えるそうだ。

もう一つの神社

内藤 駆

現在、都内のショッピングモールで施設警備員をしている鍬田さんから聞いた話だ。

戦後まもなく生まれた彼は、絶えず背筋がピシッと伸びており、それに加えて弾むような語り口を持つ若々しい男性で、一見すると後期高齢者には見えなかった。

そんな鍬田さんは元々、長野県のとある村の出身だったそうだ。村は肥沃な好立地にあり、農耕も盛んだった。人口も周りの村々よりも多く、活気のある村だったという。

鍬田さんの話によると彼の生まれ育った村には、神社が二つあったそうだ。

一つはきちんと神主に管理された、村の中心にある鎮守社。もう一つは村外れの小山に、ひっそりと建つオンボロで小さな神社。

鍬田さんが話してくれたのは、そのオンボロ神社ついての話だった。

オンボロ神社がいつ村に建てられたのか？　その由来などについては、村の老人も村長も寺の住職も、さらには鎮守社の神主も知らなかった。

ただ戦前に村が出来上がった頃には、もう建てられていた事だけは漠然と分かっていたという。

オンボロ神社はその名の通り、鳥居も社も古くて粗末な木造製で、粗《あら》く作られた石段を少し上った小山の上に建っていた。

少し強い嵐でも来たら、全てが吹き飛んでしまいそうなくらい脆《もろ》い外観だったという。

そして小さな社の中には、大きさが米俵くらいの丸っこい灰色の岩が一つ、御神体として祀られていた。鍬田さんも何度かその岩を見たらしいが、どことなく形状が蛙かナメクジに見えなくもなかったそうだ。文字などは一切刻まれておらず、一体なぜこんな不格好な岩が御神体なのか村人全員が不思議に思っていた。

また御神体の岩は見た目以上に重く、村の力自慢たち数人が全力で押しても、その場から指一本分も動かなかったらしい。

そんなオンボロ神社の世話は、村の者たちが交代でしていた。

正直、みんなオンボロ神社の世話などはしたくなかったが、腐っても神様を祀る場所である。粗末にしたらどんな災厄が起こるか分からないという畏怖の気持ちだけが、村人たちを動かしていた。

また何よりも、鎮守社の神主もそれを推奨していたのも大きかった。

鍬田さんからは、そのオンボロ神社についての不思議な話を何話か話して頂いた。


一つ目は鍬田さんが十歳くらいの頃、戦後日本が徐々に復興を始め、勢いのつき始めた頃の話だ。


村に清吉という一人暮らしの男性がいた。

彼は真面目な働き者の青年で、村の皆から好かれていた。

しかし、清吉は何故か昔からカラスとやたら相性が悪いという宿命?を持っていた。

家を出た途端、待ち構えていたいように飛び立つカラスに驚かされる。農作業中、いきなりカラスに襲われて頭を突かれる。カラスの群れに弁当を食い散らかされる。

優しい性格の清吉は、カラスを含めて動物を虐めるような人間ではない。

しかし、あまりにもカラスばかりから迫害を受けるので「前の人生じゃ、よほどカラスに恨まれることをしたのかもしれん」と彼は半ばあきらめたように、周りに人間に話していたらしい。

ある日、家の中で清吉が湯の入った土瓶を持っていた時、窓から突然カラスが侵入して来て彼に体当たりをした。そのせいで土瓶を床に落として割ってしまった。

とうとう堪忍袋の緒が切れた清吉は、カラスたちに復讐を決意する。カラスの住処は分かっていた。オンボロ神社の社、そのすぐ後ろにある大木が奴らのねぐらであり、憎きカラス共は夜、そこで休んでいるのだ。

怒り心頭の清吉は、出来るものなら猟銃で木にとまるカラス共を撃ちたかったが、そんな物を買う金は無い。

また村外れとはいえ、そんな物をぶっ放したら銃撃音で他の村人に通報されるだろう。そこで清吉は、大き目な手製のY字型パチンコを用意した。弾は小石だが、人間でも頭に命中すれば十分な致命傷を狙える威力だった。

清吉は夜、カンテラとその手製のパチンコ、さらに沢山の小石を持ってオンボロ神社へと出かけて行った。

ありがたいことにオンボロ神社は、夜でも灯篭の明かりが絶やされることはなかった。そのおかげで夜の神社でも容易に奥へ入り、カラスのねぐらである大木の元まで来ることが出来た。

清吉は真下から、カンテラで大木の中を照らす。

カラス共は木の上の方にとまっているらしく、その姿自体は確認できなかった。

しかし、清吉の復讐心に変わりは無い。彼はパチンコを構えると、真下から木の中に向かって当てずっぽうに小石を撃ちまくった。

「ギシャ!!」「ガァ!!」

木の上からカラスのものらしき、鳴き声が聞こえて来た。

「よし、当たった。ざまあみろ!」

日頃の恨みを晴らしたと思った清吉は、夜の神社で一人、喜びの声を上げる。

するとボタッ、ボタッと鈍い音がして、清吉の足元に何かが落ちて来た。

一体何事かと清吉が足元をカンテラで照らす。

地面には青黒い肉片の様な物が多数、落ちていた。明らかにカラスの羽や死骸とは違う異様な物体だった。

「何だぁ、これ?」

清吉は降って来たそれら気にしながらも、今はとにかくもっとカラス共の苦しむ鳴き声が聞きたかったので、再び木の中に向かって小石を撃ちこむ。

「グガァ!!」

木の上から、一際大きな叫び声が辺りに響き渡った。それは明らかにカラスの鳴き声とは違う物だった。異質な鳴き声を聞いた清吉は、撃つのを止めてその場に立ちすくむ。

ボタボタボタボタボタッ
また木の上から何かが、雨の様に地面に落ちて来た。先ほどよりも量が多い。

焦った清吉が地面に目をやると、置いたカンテラに照らされた大量の青黒い肉片のような物が足元に散らばっていた。

さらにそれらはモゾモゾと生き物の様に蠢き、瞬く間に集合した。

そして集まった肉片は、青黒い巨大な人間の顔となった。暗い色の絵の具を、乱暴に塗りまくって描いたような不格好で汚らしい顔だったという。

カンテラに照らされた大きな顔は粘っこい目つきで清吉を見ると、ニヤッと笑った。

その異常な光景に仰天した清吉は、パチンコもカンテラも放置し、暗闇の中を途中、何度も転んだり物にぶつかったりしながら、這う這うの体で家まで逃げ帰った。

翌日、清吉は近所の村人たちに体中のケガのことを聞かれ、夜のオンボロ神社での異様な出来事が村中に広まった。

それを聞いた村人たちは「やはりあそこには世話をする時以外は近づいてはいけない。ましてや一応、神社なのだから殺生まがいのことはなおさら……」と囁き合ったという。

しかし不幸中の幸いと言っては何だが、その事件後、清吉はカラスから襲われることは無くなったそうだ。

もっとも清吉自身はそれ以来、カラスの鳴き声を聞くだけで驚いて飛び上がり、震えて動けないようになってしまったらしい。


二つ目は鍬田さんが二十歳くらいの時、彼自身が実際に体験した出来事だ。

それはよく晴れた秋の夕暮れ時だったという。

農作業を終えた鍬田さんとその友人がオンボロ神社の前を通りかかった時、村では見かけない粗末な身なりの男が石段を駆け下りて来た。

「指を喰われちまった、賽銭箱に。左手の指を！」

男は鍬田さん達を見るなり、男はだしぬけにそう叫んだ。

一応、このオンボロ神社にも賽銭箱が設置されているのだ。

男は泣きながら左手を鍬田さん達に突き出す。しかし、男の指は全てそろっており、浅黒くて痩せている以外、これといっておかしな所はない。

「賽銭箱に指を喰われたって……酒に酔って悪い夢でも見たんじゃないのか？」

呆れ顔の鍬田さんはみすぼらしい男に言う。男はどうやらホームレスの様だった。

「まあ、このオンボロ神社なら、そんなことが起きてもおかしくないか」

隣の友人がニヤつきながら、一人で騒いるホームレスを茶化す。

「いやぁ本当なんだ。賽銭箱の中を盗もうとしたら、いきなり社からサーッと熱い風が吹いたんだ。すると左手の指が根元から五本ともスパッと切れ、賽銭箱の中に全部落ちていった。そんで賽銭箱は満足したみたいに大きく揺れ動きやがった、ウソじゃねえ」

「こいつ賽銭ドロだったのか、呆れたな。でも指は全部そろっているじゃないか。やっぱり夢かマボロシだろう？　社から熱い風って、何だよそれは」

鍬田さんが腕組しながら、厳しい口調でホームレスを問い詰める。

だが、ホームレスのほうも引かなかった。

「確かに今は指も見えるし動かせるけど、五本とも指の感覚が無い。強くつねっても、逆向きに捻っても全く痛みを感じないんだ。それに何だかやたら熱いんだ、左手が……」

男は必死になって、左の掌を握ったり開いたりを繰り返す。演技にしては真に迫っているが、きっと彼は頭がおかしいのだろうと鍬田さんは推測した。

「そんなに指が気になるのだったら、お医者様にでも見てもらえ。ついでに頭もな」

友人も同じことを思ったのか、頭に人差し指を回しながらホームレスを嘲笑する。

「そんなこと言わないでアンタたち、賽銭箱の所まで一緒に行ってくれないか？　指を返してもらうため、カミサマに謝りに行きたいが一人じゃ怖く怖くて」

ホームレスの与太話にいい加減、馬鹿々々しくなった鍬田さんは無視して帰ろうとしたが、友人が「おもしろそうな話じゃないか」と引き止める。

結局、鍬田さんらはホームレスに同行して、オンボロ神社へと行くことになった。

三人が短い石段を上り切り、社前に置かれた賽銭箱にまで近寄った時、そのすぐ手前の地面に複数の小さな物が蠢いていた。

鍬田さんは最初、それらを芋虫か何かの小さな生物かと思った。

「ははっ、指じゃねえか。切られたってのは本当みたいだな。キチンと五本、ありやがる。食われて無くてよかったじゃねえか……」

賽銭箱前の地面で、ビクリビクリと這いまわる人間の指を見て友人は半笑いで言ったが、その顔は恐怖に引きつっていた。

鍬田さんも、その光景を見て絶句した。

「あれは俺の指だ、やっぱり天罰が下ったんだ。賽銭箱を壊そうとしたから……見てくれ、この指を」

ホームレスは再び、鍬田さん達に左手を見せる。

先ほどまでと違い、その指は五本とも青黒く染まり、禍々しい鈍い光を放っていた。

「これはまずい、オンボロが怒ってやがる！」

震えあがった鍬田さんと友人は、逃げ出したいのを我慢し、その場でどうするか相談した。少し考えた末、ホームレスを引き連れてもう一つの神社、村の鎮守社まで行った。

鍬田さん達に呼ばれて、何事かと出て来た鎮守社の神主は、ホームレスの青黒い指を見るなり「この大馬鹿者!!」と目を大きく見開いて彼を怒鳴りつけた。

そしておもむろに本殿に供えてあった御神酒を持ってくると、有無を言わさずにホームレスの頭から中身をぶっかける様に浴びせた。

さらに未開封の御神酒の瓶を二本、鍬田さん達に持たせると「これを供えてアソコに謝ってこい」と言いつけた。

鍬田さん達の「なんで俺たちが？」という反論も言わせぬほど、神主の怒り具合は凄まじかったそうだ。

鍬田さん達は嫌々ながらも、御神酒を持ってオンボロ神社の社前まで戻った。

先ほどまで地面で蠢いていた指は消えていた。しかし賽銭箱はまるで中に何かが入り込んで暴れているかのように、ガッタンゴットンと左右に激しく揺れている。

それを見て言葉を失った鍬田さん達は、御神酒を社前に置くと、礼をするのも忘れてさっさと逃げ帰った。

鍬田さん達が鎮守社に戻ると、ホームレスの指の色は元に戻っていたが、しばらくは痺れが取れなかったという。またオンボロ神社の賽銭箱も大人しくなっていたそうだ。

そして神主は、鍬田さん達に今回のことは口外無用だと厳しく言いった。

その後、ホームレスは鎮守社の下男として働くことになった。また彼は交代制であるオンボロ神社の世話も、積極的に務めたらしい。

そして村に生まれ、幼い頃からずっとオンボロ神社については、沢山の不吉な噂や不気味な話を聞いてきた鍬田さんだったが、改めて恐ろしい場所なのだと実感したという。

ちなみにしばらくたってから鍬田さんが神主に、あのホームレスや賽銭箱に起きた現象は一体何なのかと聞いてみたが、一切教えてくれなかったそうだ。

そしてオンボロ神社についての最後の話。

それは賽銭箱の事件から、三年ほど経った時の出来事だった。

のどかな昼下がり、突然村一帯を地震が襲った。地震の震度自体はそれほどでもなかったが、揺れの時間がやたらと長かったという。

幸い、村全体に大きな被害はなかった。オンボロ神社を除いて。

「オンボロ神社が倒れたぞ～!!」

そう大声を出して皆に知らせたのは、以前賽銭ドロをやり、今は鎮守社の下男を務めていた元ホームレスの男だった。

村の者たちは鍬田さんを含めて、その報告に驚いたものの「まあ、あのオンボロじゃあ、この揺れでも耐えられなかったのは当然だろう」と思ったという。

地震が収まった直後、村の人間たちがお互いの安否を気にし、具体的な被害などを確認するため、外に出ていた時のことだった。

「フッフッフッフッフッ」という荒くて大きな息遣いが、オンボロ神社のある村はずれの方から聞こえて来た。

村人たちが何事かと息遣いのする方を見ると、村の真ん中に向かって何かが走ってくるところだった。

「……あれは、オンボロの御神体じゃぁねえか。それを担いでいるのは何者だ？」

オンボロ神社の御神体である灰色の不格好な岩を担いでいる人物の姿を見て、外に出ていた村人たちは驚愕し、皆黙ってしまった。

その人物は一見すると、十歳にも満たない男児のようだった。しかし褌一丁しか履いていないそいつの顔は、明らかに中年男のそれだった。

丸坊主で両目がやたらと大きい反面、口や鼻や耳は果たして機能しているのかと疑うくらい小さかったそうだ。

小男は体中の筋肉が異様に膨れ上がっており、全体的に丸っこかった。実際に見た鍬田さんの感想によると「手足の生えた筋肉ダルマ」という表現がぴったりだったという。

異様な風体の小男は、恐ろしく重いはずの御神体を背中に担ぎ、大勢の村人たちの注目する中、かなりの速さで村の中を走って行く。

「待ってくれ、俺も行く。俺も一緒に行くから!!」

小男の後を元ホームレスの下男が、やはり褌一丁の姿でそう叫びながら追いかける。

その時、村人たちは下男の身体が所々、青黒く染まっていたのを見たそうだ。

やがて御神体を担いだ筋肉ダルマと下男は、山々のある方向へと消えていった。

オンボロ神社は社も鳥居も地震のせいで倒壊し、賽銭箱も何か大きな物に踏みつぶされたようにペシャンコになっていた。誰も進んで後片付けをしようとはせず、鎮守社の神主もアレは放っておいてよいとのことだったので、神社の残骸は放置されたままになった。

こうして長い間、村人たちから畏怖の念で見られていたオンボロ神社の存在は村から消えてしまった。

小男の正体が何だったのか？　下男はなぜそれについていったのかは、謎のままだった。

あまりにも荒唐無稽な出来事だったのか、オンボロ神社については公式な記録が無く、口頭で伝えるも者も今ではほとんどいなくなってしまったという。

「今も故郷の村はあるけど、オンボロ神社がどの辺りに建っていたかは、もう分からなくなってしまった。アレは本当に何だったのだろうか？」

鍬田さんは目をつぶって軽く首を左右に振りながらそう言うと、話を終えた。

どっちが狸

黒木あるじ

五十代女性のNさんが東北の農村で暮らしていた、小学四年生のときの出来事である。

ある日の午後、父親が田畑から帰ってくるなり「どっちだと思う」と彼女に訊ねた。

「どっちって、なんの話さ」

「いや……俺《おら》ぁさっき、ハラのおばちゃん家《ち》さ赤飯ば届けに行ったんだけどよ」

ハラのおばちゃんとは、集落の辻近くに住む女性である。

彼女はNさん一家の遠縁にあたる人で、数年前に伴侶を亡くしていた。以来、両親は「独り身では不便も多かろう」と、なにかにつけて世話を焼いており、その日も食事をお裾分けしようと家に立ち寄ったのであった。

ところが——。

「玄関ば開けて呼ばったら、おばちゃんが座敷から出てきたんだけどの……笑ってんだ。普段は愛想のひとつもねぇ人が、ニタラニタラと薄笑いしてんだよ」

愉しそうなその態度に、父は思わず「なにがそんな面白ぇんだ」と訊ねたのだという。

けれどもハラのおばちゃんは無言のまま、あいかわらず笑みを浮かべている。

「なんだか薄気味悪くってな。だから赤飯を押しつけて外さ出たんだ。そしたらよ」

前庭に、ハラのおばちゃんそっくりな女性がいた。

女は椿の陰に屈みこみ、しくしくと泣いていた。

「え、なんで」

当然ながら父は混乱した。いましがた玄関の引き戸を閉めてから、数秒と経っていない。この短時間で前庭へ移動するなど、どれほど俊足でも不可能である。

ならば姉妹か。しかし、おばちゃんには弟しかいなかったはずだ。仮に他人の空似だとしても、この家の敷地で泣いている理由が判らない。

わけが判らぬまま、父は泣き続けるおばちゃんを呆然と見つめていた。

すると、背後から——。

「どっちだ」

はずんだ声に驚き、反射的に振りかえる。
開けはなたれた引き戸の向こう、上り框《かまち》のところにハラのおばちゃんが立っていた。
受けとったばかりの赤飯を手づかみで頬張りながら、笑っていた。
その雰囲気に気圧《けお》されて、無意識のうちにあとずさる。
と、砂利を踏む足音に気づいた〈玄関のおばちゃん〉が指の米粒を舐めながら、
「さあどっちだ、どっちがたぬきだ。あててみろ」
やけに低い口調で問うてきた。
嗚呼、なるほど。片方は狸が化けているのだな。
あまりにも異様な状況ゆえか、荒唐無稽な言葉もそれほど不思議と思わなかった。
でも、どっちだ。どっちが狸なんだ。
父が逡巡するなか、今度は〈椿のおばちゃん〉が顔を伏せたまま、
「あててみろ、あててみろあててみろてててててみろ」
長く垂れた舌をびらびら震わせながら、おなじ科白を何度も何度も繰りかえした。
父は迷った。どうやって見分ければ良いのか。もし、はずしたらどうなるのか。
答えあぐねているあいだにも、椿の女の泣き声はだんだんと大きくなっていく。かたや

玄関の女はこちらから目を逸らさず、いまにも駆けよってきそうな空気を漂わせていた。先刻まで吹いていた風はいつのまにか止み、じっとりした空気があたりを包んでいる。

駄目だ、判らない。なにもかも判らない。

いよいよ堪らなくなって、その場から逃げだそうとした——次の瞬間。

誰も触れていないはずの引き戸が勢いよく閉まった。

激しい音に思わず身を竦《すく》める。そのままの体勢でしばらく待ってみたものの、戸が再び開く気配はなく、室内からも物音ひとつ聞こえてこない。

椿の下の人影も、いつのまにか居なくなっていたという。


「それで、どっちが狸だったの。どっちが本物のおばちゃんだったの」

話を聞き終え、Nさんは父親を問いただした。父は「判断つかねえから、お前《め》サも訊いでみたんだべ」と苦笑したが、ふっと表情を暗くさせて、

「どっちにせよ……本物のおばちゃんは、もう生きてねえ気がするんだ」

ぽつりと漏らしたきり、その話をすることは二度となかったそうだ。

「と……ここでおしまいなら、怪談としてはおさまりが良いんでしょうけれど」

語り終えたはずのNさんが、にわかに顔を強張らせる。

いまもひとつだけ、彼女は腑に落ちないことがあるのだという。

「その一件から数年後に父は亡くなりまして。お葬式にはハラのおばちゃんも参列してくれたんです。私は〝狸かもしれない〟なんて、ちょっぴり警戒していたんですが」

精進落としの席で、ハラのおばちゃんが「そういや、あのときは妙だったっけのう」と、おもむろに思い出話をはじめたのである。

「何年か前のお昼過ぎだったかな。玄関先で物音がするもんでおもてを覗《のぞ》いてみたら、あんたの父ちゃんが赤飯を手掴みで食ってんだわ。あんまり驚いて〝なにしてんの〟と声をかけたのに、父ちゃんは大声で笑うばかりでさ。いつのまにか姿が見えなくなったもんで、それきり忘れていたけど……あれはいったい、なんだったんだべねえ」

◆
◆
◆

「おばちゃんの証言が真実だとしたら、父が語ってくれた話はなんだったんでしょうか。

父が遭遇した〈ふたりのおばちゃん〉は何者なんでしょうか。化かされていたのは、父とおばちゃん、どっちだったんでしょうか。そもそも」

それは、本当に狸だったんでしょうか。

Nさんがこちらをまっすぐ見つめる。答えを持たぬ私は、俯くよりほかなかった。

スコールのあと

卯ちり

二十年ほど前、大串さんは初めてタイを訪れた。

首都バンコクに滞在する三泊四日の鉄板ツアーで、旅程の中日にはアユタヤ観光を組み込んだ。十四世紀から十八世紀まで栄えたアユタヤ王朝の遺跡群はバンコクの中心部から片道一時間程でアクセスできると知り、日帰りツアーに申し込んだ。

当日は朝食後、ホテル前からツアー用のミニバスに乗る。

渋滞しているバンコク中心部を抜けるとすぐに低木と田畑の景色に変わり、いくつもの川を通過する。バンコクを横断するチャオプラヤ川の上流にアユタヤ歴史公園があり、中心部は川の中州にあって水堀のような構造になっているが、支流となる川や名もなき小川まで、地図で見ると数えきれないほどある。車窓から見える川の水はどれも茶色く濁っているが、川沿いには建物が密集して、その下の川面には小舟が浮かんでいる。
バスの中はエアコンが効いていなかったが、窓を全開にすると風が吹き込むので蒸し暑くても不快ではない。観光名所となる主要な王宮や建造物を徒歩ではなくバスで巡れるのは有難く、暑がりの大串さんもバテずに済んだ。

最初に訪れたのはアンコール・ワットにも似た荘厳な仏塔のワット・チャイワッタナラーム、途中で昼食を挟み、ワット・マハータートの木の根に埋まった仏頭や、ワット・ロカヤスタの巨大な寝仏など、川の中州に位置する中心部の遺跡群をひととおり巡り、中央に位置するブンプララーム公園を散策してから、夕暮れ前にバンコクへと帰路についた。

帰りのバスに乗り込んですぐに、突然のスコールに見舞われた。晴れ渡っていた空がいきなり曇り出して土砂降りの雨が降ってきて、大串さんは全開にしていた自席の窓を慌てて閉めた。外で散策している最中に降らなくて良かったな、傘を差してもずぶ濡れになるな、なんてことを考えながら微睡《まどろ》んでいたら、バスが休憩のために途中停車した。田園風景の真ん中の、辺鄙な食堂の前に泊まったのでおそらく乗客のトイレのためだったのだろう。

バスを降りると雨雲の合間から太陽が路面を照り付けていて、雨がたった今上がったときだった。路面から蒸発する水分の湿度と、水と土の混じった雨上がりの匂いがあたりに立ち込めている。

自販機で買ったジュースを飲みながら、大串さんは食堂の周囲を歩いてみた。

食堂は川沿いに建てられていて、川の両岸にだけ、建物が集落のように連なっている。建物の屋根や配管をつたって、先ほどのスコールの雨水は川へ注ぎ込まれている。ジョボジョボ、と響く水音を聞きながら川を眺めていると、ふと違和感に気が付いた。

目の前の食堂のトタン屋根から、雨水が川へ流れ落ちている……はずが、その水が逆流している。

噴水の水が重力に逆らって吹き上がるように、屋根から水が落ちるのではなく、川から屋根めがけて水が昇っているようにしか見えない。流れている水は濁った川水ではなくて透明の雨水で、水が流下する映像を逆再生しているような感じだ。雨水は太陽に照らされて眩く輝いている。まるで川が細い腕を出して屋根を拭いているみたいだな、という滑稽な想像が膨らんだ。

やがて水流はだんだん細くなってきて、最後は残りの水滴がきちんと重力に沿って、屋根の先から川へ落下した。

雨雲が去った青空と目の前の川を眺めながら、いいところだなあ、と大串さんは思った。

それから何度も大串さんはタイへ赴くようになり、そのうち移住したいと思うまでになっている。

アユタヤへも何度か訪れているが、ツアーの帰路に立ち寄った川沿いの食堂の場所はわからないままで、いまだに再訪は叶っていない。

古写真の女

丸山政也

晩秋の、季節外れに生暖かい日のことだった。

以前、ダイレクトメールで連絡をしてきてくれた女性に取材をするため、私は待ち合わせ場所に指定された銀座の資生堂パーラーに向かっていた。

目的の店にたどり着いたとき、約束の時間にはまだ二十分も時間が余っていたが、暇を潰す場所もないので、先に入って待つことにした。

取材相手には直接会ったことはないが、事前に教えてもらっている情報でおおよそのことはわかっていた。日本で一番格式が高いとされるこの銀座の夜の街で、クラブのママをしているというのだった。四十八歳。独身。離婚歴があり、中学生の娘がひとりいるという。

店に入り、もうひとり後から来ることをウェイターに告げた。

すると、奥まった席の女性がつと立ち上がって、こちらに向かって会釈をしてくる。その女性が今日の取材相手であることは、ひと眼見た瞬間すぐにわかった。どうやら先方は、私が来る前に店に入っていたようだった。

全身白で統一されたスポーティーな格好で薄化粧。背はさほど高くないが、すらりとして全体に引き締まった印象を受けた。髪の毛は後ろでひとつにまとめているが、これは出勤時には見事な和装ヘアになるのだろう。テーブル横の荷物置きにハイブランドの小型ボストンバッグがあり、ジム帰りなのだろうかと私は思った。

席に近づき、挨拶を交わす。女性は品のある笑みを湛《たた》えながら、

「今日は遠いところ、わざわざありがとうございます。陶子と申します」

そういって私に真向かいの椅子を勧めた。最初は銀座の街の話題に触れ、やがて話は本題のほうに移っていった。

ノートを広げ、ペンを片手に早速訊き出していく。

「今は銀座でこういう仕事をしていますけれど、私の出身は中部地方の山間にある僻村です。人口が二千人にも満たない小さな集落みたいな場所。中学卒業まではその村で暮らしましたが、高校は親戚を頼って同じ県内の大きな市の学校に通うことにしました。つまり私だけ実家を離れたのですが、それには理由がありました」

陶子さんが小学四年生の、夏休みのある日のこと。

朝のラジオ体操で子どもたちが集まったとき、親友の友美恵さんに今日家へ遊びにこないかと陶子さんは誘われた。

友美恵さんの家は代々農家を営んでいた。陶子さんの家の五倍はありそうな広大な敷地に威風堂々とした立派な日本家屋とあって、いつもお邪魔するときは少し緊張するほどだった。

昼過ぎに訪れ、友人の部屋でおしゃべりをしたり本を読んだりして過ごした後、庭に出ようということになった。玄関先でしばらくゴム飛びなどをしていたが、今度は敷地の一隅にある土蔵の中に入ってみようと友美恵さんがいった。

土蔵の外壁は漆喰で塗り固められている。長い年月を経ているためか、半ば灰白色に煤《すす》け、一部土壁が崩れかけていて、内側の木骨が少し見えていた。

友美恵さんが父親に聞いた話では、蔵は明治期に建造されたもので、今は倉庫として使用しているとのことだった。ちょっと大きめの物置代わりに使っているのだが、貴重なものを収めているわけではないので、内側の戸も外扉も施錠されていないのだという。いつも探検してみようと思うのだが、ひとりで入るのは怖いから躊躇っていたというのだった。それを聞いて、今日自分を呼んだのは、このためではなかったのかと陶子さんは思った。

「いいよ、一緒に入ってみようか」

ふたりで手をつなぎながら、重い扉を開けて中に入っていく。足を踏み入れた瞬間、ひんやりとした冷気に全身が包まれた。じっとしていても汗ばむほどの陽気だというのに、冷房器具もないはずの屋内が、これほど涼しいことに愕《おどろ》いた。強い黴や埃っぽい臭いを感じたが、それは不快というよりも、どこか懐かしく妙に落ち着くような不思議な気持ちにさせられた。

友美恵さんが入り口の壁のスイッチを押すと、天井からぶら下がっている豆電球の仄かな明かりが灯されたが、屋内全体を照らすには不十分な光量だった。

白く埃をかぶった農機具や用途不明な生活用品などが無造作に積み重ねてあった。奥の壁際には茶褐色の水屋と、それに並ぶように大きな桐の和箪笥が設えられていたが、いずれも年季を感じさせるものだった。水屋には茶碗や皿が収納されており、子どもだった当時の眼で見ても、その彩色などから、かなり昔の食器なのだろうという印象を受けた。

「こんなお皿もう使わないのにね。どうして処分しないんだろう。あっ、そうだ。死んだお祖母《ばあ》ちゃんが土蔵の箪笥の中に着物があるって、たしかいっていた気がする。私が大人になったら着ればいいよって。でもさ、そんな大昔の着物なんていらないよね」

友美恵さんは和箪笥の一番上から順に抽斗を開けていった。しかし、中には着物など一枚もなく、数本の帯と地味な柄の反物が少し入っているだけだった。

するとそのとき、友美恵さんが陶子さんのほうを振り返りながら、

「ねえ、ちょっと来て。写真があるの。なんだろう、これ——」

そういう友人のほうに近づいてみると、セピア色に褪色したモノクロームの写真が二葉、一番下の抽斗の奥底に見えた。端に大小の黄色い染みのできた古い写真である。興味を惹かれた陶子さんは、見ていいかと友人に尋ね、その片方の写真を手に取ってみた。

大きな建物の前に二十人ほどの男女が並んだ集合写真。皆しかつめらしい顔をしているが、白髪の老人もいれば、日本髪の若い女性も混じっている。大半が着物姿だが、ウールの外套のようなものを着た洋装の男性もいた。集合写真とあって、なにかの折に撮ったのだろうか。

写真をひっくり返してみると、青いインクでなにか裏書きされている。

「大正十四年五月　村役場竣工記念」

達筆ではあるが、変に伸びやかな癖の強い文字でそう記されていた。いわれてみれば、写真の建物にはどこか見覚えがあった。それは以前の村役場に違いなかった。しかし、数年前に老朽化で取り壊されてしまい、無機質な建物に取って代わってしまったのである。

再び写真を見たところ、妙な違和感を覚えた。なんだろうと顔を近づけ、その理由がわかったとたん、思わず手にした写真を落としそうになった。

写真の右側に見切れるようにひとりの婦人の躯《からだ》が半分だけ写っている。集合写真は皆並んで写るのが普通なので、間に合わなかった人なのだろうか。しかし、陶子さんが愕いたのはそんなことではなかった。女性は前のめりのような姿勢で上半身だけが写っている。ひどい猫背か、昔の人に多かったいわゆる腰曲がりなのかもしれなかった。

首だけをレンズのほうに向けているが、その表情がなんとも異様だった。向かって左眉の上、写真の女にとっては右眉の上に、ほくろなのか肝斑《かんぱん》なのか、大きな痣《あざ》のようなものがあり、これ以上はないというほど怒りに打ち震えた表情をしている。

それを眼にした瞬間、ぞっと背筋に悪寒が走った。

しかし、なにか気になって仕方がない。腰を屈めて、もう一方の写真を手に取ってみると、そこにはふたりの人物が写っている。その特徴を見ると、先ほどの見切れている女に違いなかった。そしてすぐ横に五歳ほどの男児が、女とは対照的に緊張した面持ちで背筋を伸ばして立っていた。女は還暦ほどの年齢に見える。ただ昔の人なので実際はもっと若いのかもしれない。髪は白くはなさそうだし、見ようによっては四十代ほどにも思えた。そうなると、隣に立つ子どもは息子なのか孫なのか——。

女は痩せぎすでやはりひどい猫背のような立ち方をしている。襟のよれた粗末な絣の単衣《ひとえ》。男児のほうは黒い詰襟のようなものを身に着け、腕を伸ばして直立不動の姿勢だった。

この写真でも女性はレンズを睨めつけるように物凄まじい表情で写っている。これを撮影したカメラマンに強い憎しみでもあるのだろうか。何十年も前の写真だというのに、つい最近撮影したかのような生々しさに陶子さんは言葉を失っていた。

今にもこの写真から被写体が浮かび上がってくるのではないか。もしかしたら光の届かぬ暗がりに潜んでいて、突然飛び出してくるのではないか——そんな妄想に一瞬囚われた。

土蔵の箪笥の中にこの写真があるということは、女性は友美恵さんの先祖の誰か——おそらくは祖母か曾祖母ではないかと陶子さんは思った。

「ねえ、この女の人ってさ、友美恵ちゃんのお祖母ちゃんかな。それともひいお祖母ちゃん?」

そう尋ねると、脇に立っていた友人が横から覗き込んで、しばらく写真に見入っていたが、

「えっなに、この人怖い。なんで睨んでいるんだろう。こんな人知らないよ。眼の上に大きな痣みたいなのがあるけど、お祖母ちゃんにはそんなのなかったし、こんな顔じゃなかった。ひいお祖母ちゃんはずっと前に亡くなっているから会ったことはないけど、それも絶対に違う。だってうちの仏間に遺影があるもの」

友美恵さんの家は旧家とあって、仏間に先祖の遺影写真がずらりと並んでいるのを陶子さんも見たことがあった。写真の女性はその中の誰にも似ていないと友美恵さんは明言した。

気味が悪くなってきたので、箪笥の抽斗の中に写真を戻すと、ふたりはすぐに土蔵を出た。

「もっと面白いものがあると思っていたのに、なんだかがっかり。ずっと気になっていたけど、でもこれですっきりしたよ。もう当分入ることはないと思う」

笑いながら友人はそういったが、陶子さんは写真の女の姿が脳裏にこびりついて離れなかった。なにか得体の知れない胸騒ぎを感じ、うまく言葉を返すことができなかった。

その日の深夜。陶子さんが自分の部屋で寝ていると、突然、天井のほうから生木が裂けるような音がし、吃驚《びっくり》して眼を覚ました。鼠か白鼻芯《ハクビシン》が天井裏に入りこんでしまったのかと思い、親に知らせなければと身を起こそうとしたが、どうしたわけか、瞼《まぶた》が開くだけで少しも身動きがとれない。

なんだろう、これは――。と、そう思った瞬間、これまで嗅いだことのない腐臭をつんと鼻先に感じた。耐えられない臭いに思わずえずきそうになったが、躯が硬直したようになっているので手で鼻を塞ぐこともできない。息を止めたそのとき、ベッド脇に誰かがいるのが見えた。眼だけをそちらのほうに向けると、ひゅっ、と短い声が漏れ出た。

単衣の絣の着物。土蔵の中で見た写真の、ひどい猫背の女が自分の寝ているすぐ真横に立っている。そんなこと、あるはずがない。まさか幽霊だとでもいうのか。昼間あんなものを眼にしたせいで、悪い夢でも見ているのではないかと一瞬疑った。だが、眼に映るものすべての輪郭が粒立っている。ぼんやりとしたところが少しもない。これは夢や幻ではなく、紛れもない現実なのだと悟った。

女は陶子さんの足先のほうを見ているようで顔は見えない。しかし、間違いなくあの女だと直感した。やがて女は陶子さんのほうにゆっくりと躯を向けた。その顔。憤怒に満ちた表情で睨んでいる。怒りの激情が自分でも抑えられないかのように身をわななかせながら――。

恐怖のあまり、眼を固く閉じて歯を食いしばっているうちに、いつしか陶子さんは気絶してしまったようだった。再び意識が戻ったとき、窓の外はもう明るくなり、野鳥がさえずっているのが聞こえた。

「金縛りというのでしょうか。躯は寝ているのに頭が起きているときになるっていうじゃないですか。レム睡眠がなんだとか、医学的に説明できるものだって。でも、私はその説は信じません。あれはそんなものではありませんから」

その後も月に一度か二度ほど、部屋で寝ていると金縛りに遭った。やはり異臭とともにあの女が現れ、身動きの取れない陶子さんのことを凄まじい形相で睨めつけてくるのだった。女の出現は必ず深夜と決まっていたが、ある日を境に昼間にも目撃するようになった。

それは小学六年生の初冬のことだった。陶子さんが学校から帰宅すると、母は自治会の寄合で外出していて、家には誰もいなかった。買い置きしてあった菓子を台所から持ってきて、二階の自分の部屋に上がろうとした、そのとき。

玄関から続く廊下を誰かが歩いてくるのが、すりガラスの入った格子戸越しに見えた。母が帰ってきたのかと思い、「おやつ食べてもいい?」と大きな声で訊いてみたが、返事がない。母はいつも帰宅時には、必ず「ただいま」というが、その声を耳にしていなかった。

玄関の鍵は掛けていない。となると、不審者か泥棒だろうか。しかし、それにしては背が低い。母は女性にしては背の高いほうで、父とさほど変わらなかった。格子戸の向こうの人影は自分と同じほどの背丈しかない。それに、前のめりのような姿勢は、もしかしたら——。

そう思うと、もう動くことができなかった。蛇に睨まれた蛙のように、ただじっと身を竦《すく》めていた。

十分ほど過ぎた頃だろうか。「ただいま」という母の声が玄関を開ける音とともに聞こえた。それと殆ど同時に、たしかにあったはずの人影は、忽然とその姿を消してしまった。母は廊下を居間のほうに歩いてきながら、なにかを嗅ぐように大仰に鼻を鳴らしている。

「なんだろう、この臭い、なにか腐らせちゃったのかしら。いやねえ、夏でもないのに」

そう呟きながら台所に入っていき、ひとしきり流し台や排水口を見たり、冷蔵庫を開けたりしていたが、おかしいわねえ、と首を捻《ひね》っていた。

母が帰ってくる直前に家の中で妙な人影を見たことを陶子さんはいうことができなかった。自分でも理由はわからないが、もし母にそれを話してしまったら、今夜また枕元にあの女が現れるのではないかと、そんな懼《おそ》れを抱いたからだった。

その他にもこんなことがあった。

両親が寝静まった後、水を飲もうと下に降りていくと、風呂場のある洗面所に誰かが入っていく後ろ姿を見た。薄暗いので誰なのかわからないが、親はふたりともとっくに寝室で眠っているはずだった。陶子さんには年子の弟がいたが、きっと歯磨きかなにかをしに降りてきたのだろうと思った。しかし、いつまで経っても洗面所の明かりが点かない。不審に思って、洗面所と風呂場を覗いてみたが誰ひとりおらず、あの腐臭が薄く漂っていた。すぐに二階に上がって弟の部屋へ行ってみると、ベッドの上で笑いながら弟は漫画を読んでいた。

中学校に入学してからもやはり度々金縛りに遭ったが、起きているときに家の中で目撃してしまうことは殆どなくなっていた。だが、こんな妙な出来事があったことを陶子さんはよく憶えている。

中学二年生になったばかりの春のことだった。

記憶が定かであれば、それは始業式の日で、新たに赴任してきた担任の男性教師が、教室で自己紹介をしているときだった。

陶子さんはぼうっとしながら話を聞いていたが、ふと鼻先に嗅ぎ覚えのある臭いを感じた。まさか、と思ったそのとき、絣の着物姿の人影が、つぅぅと滑るように教室の横を移動しているのを廊下に面した窓ガラス越しに見た。顔はこちらに向いていないが、ひどい猫背の姿勢も着ているものも、あの女に相違なかった。

陽光が燦々《さんさん》と降り注ぐ学校の廊下にまであれが現れるとは、まったく予期していなかった。鼓動が速くなり、過呼吸のようになった。なんとか気持ちを落ち着かせたが、自分以外、あの女に気づいた者はいないようだった。

環境を変えればあの女を見なくてすむようになるのではないか。そう考えた陶子さんは、中学を卒業したら村から出ることを決意した。いずれにしても実家から通える範囲では学力的に行きたい高校がなかったこともあり、県内の別の市に住む伯父の家に厄介になることを両親もそう強く咎めはしなかった。

幸い高校時代には、あの女が夢枕に立つことも、日中、家や学校で目撃することもなかった。やはりあの村にいたからいけなかったのだろうと陶子さんは思っていた。

高校卒業後は地元企業の製菓メーカーに就職したが、仕事もプライベートも刺激が少なく、毎日が退屈だった。そんな頃、都内の大学に進んだ高校時代の同級生から電話があった。広い部屋に引っ越したいが東京は家賃が高い、ついては陶子さんに上京してもらって一緒に住まないか、という。「ちょっと考えさせて」とは答えたが、電話を切るときには陶子さんの気持ちはもう決まっていた。翌日には会社に辞表を提出し、両親への報告もしないまま、その翌週には東京へと向かうバスに乗っていた。

中野坂上にある築年数の古いマンションを借りたが、東京という大都市も友人との共同生活も想像していた以上に楽しいものだった。陶子さんは新宿のデパートに出店しているアパレルショップで働き始めたが、早いうちから上司に気に入られて表参道に構える本店に引き抜かれた。そこはファッション業界人や芸能人も多く来店するので、接客技術を磨くこともでき、毎日が充実していた。

そんなある日、ひとりの品のある女性客が来店した。見るからに高級そうな洋服を着ていたが、ブランドをちらつかせることのない清楚なコーディネートだった。初めて見る客だったが、話を聞いているうちに長らく顔を出せていなかった常連客であることがわかった。その後も何度か来店して話しているとき、そっと耳元でこう囁かれた。

「あなたうちの店で働かない？　私、銀座でクラブをやっているのよ。そう、夜の世界。あなたが今のお仕事が好きなのは見ていてわかるわ。でも、東京は生活費もかかるでしょう。全然違う世界だけれど、あなたならきっとできると思う。私が太鼓判を押すわ」

たしかにアパレルの仕事は好きだったが、給料面で厚遇されているとはいえなかった。少し悩んだものの、試しにアルバイト感覚で体験入店をしてみると、これまで味わったことのない大人の世界に魅了されてしまった。しばらくはダブルワークを続けたが、収入が逆転した時点でアパレルの仕事は辞めてホステスとして生きていくことを決めた。

少女時代に悩まされた、あの女の記憶はだいぶ薄れていた。時折、思い出すことはあったが、大都会の中心で忙しい日々を送っていると、あれは一体なんだったのか、もしかしたら、思春期のときにだけ見えていたなにかだったのでは——と、そんなふうに思うようになった。

クラブには多くの芸能人や著名人が来店したが、そういう者たちの対応は前職の経験で慣れていた。ただ与党の大物政治家についたときはさすがに緊張したが、新聞やニュースを極力眼にするようにしていたので会話には困らなかった。

正式に入店してから一年ほど経った頃、陶子さんはその店でナンバーワンホステスになった。キャストたちの中でもレイナという女性は、そのことをとても喜んでくれた。殆ど同時期の入店だったので同期の気やすさもあった。ところが、それから半年も経たない頃、店の中で妙な噂が流れた。陶子さんがレイナの太客をとったという根も葉もない話だった。そのために女の武器を使ったと、さも本当のことのように言い囃されていたが、キャストの大半は陶子さんの味方で、そんなことをするはずがないと彼女を信じてくれた。調べるまでもなく、噂を流したのはレイナだったが、なぜそんな嘘をつくのか理解ができなかった。放置しておけば噂する者もいなくなるだろうと、特に追及することはしなかった。

そんなある日、常連客とソファー席で話していると、どこかから視線を感じた。さりげなく周囲を見廻すと、バーカウンター席に座ったレイナがこちらを見ている。その顔が、あの女そのものだった。半ば忘れかけていた、激情に駆られた憤怒の表情。それを眼にしたとたん、背筋が凍るように冷たくなった。心臓の鼓動が速くなり、ひどい眩暈《めまい》を覚えた。必死に堪《こら》えながらトイレに駆け込んで気を落ち着かせたが、しばらくして客の元に戻ると、カウンター席にいたはずのレイナの姿が消えている。しかし、その日は出勤ではないはずで、後で他のキャストに訊いてみたが、誰もその日レイナを見ていないと答えた。その日以降、レイナが店に現れることはなかった。ママが何度電話を掛けても出なかったという。

陶子さんが三十二歳のとき、当時通っていたペン字教室でひとりの男性と知り合った。大手企業に勤める五歳年上の人だった。仕事とは無関係の異性との交流は新鮮で、すぐにふたりは恋に落ちた。陶子さんは自分の仕事を正直に話したが、理解のある人で、交際してほどなく結婚が決まった。それを機にホステスの仕事は辞めたが、年齢的にも良い頃合なのかもしれなかった。一番気にしていたのは姑との折り合いだったが、心穏やかな人で、陶子さんの前職のことは知っているのに、夫と些細な諍いが起きたときは必ず味方をしてくれるなど、実の娘のように優しく接してくれた。ところが、娘を産んだその年、姑は認知症を発症した。最初は軽度の認知障害だったが、日を経るごとに悪化していく。更に大腸がんのステージ4であることも判明し、元はふくよかな体型だったのが急激に痩せ細ってしまった。

そんなある日のことだった。入院先を見舞った陶子さんが病室に入ると、姑は掛け布団を剥《は》いでベッドに半身を起していた。

「起き上がっていて大丈夫ですか？」と心配して駆け寄ると、

「このあばずれがッ、息子をたぶらかしやがって、出ていけッ、死んでしまえ！」

凄まじい剣幕でそう罵った。これ以上はないというほどの怒りに震えた表情、猫背のようなシルエットが、再び忘れかけていたあの女そのものだったので、思わず悲鳴を上げていた。それに気づいた看護師が病室に駆けつけてきたが、いつのまにか、姑は布団を胸まで掛けて、半開きの口で寝息を立てて眠っている。

一体なんだったのか。つい今しがたの姑の表情は、あの女以外の何者でもなかった。似ているというのではない。あれは少女の頃に頻繁に見た、寸分違わず同じ顔だった。

それからひと月も経たないうちに姑は亡くなってしまった。その後、夫とは色々あった末に夫婦生活がうまくいかなくなり離婚することになった。娘の親権は自分が取ったが、独身時代の貯えがあったので当面はどうにかなりそうだった。

心が疲れていた。故郷に帰りたい――ふとそう思った。二年に一度は帰省するようにしていたが、忙しかったこともあり、長い滞在は十年以上できていなかった。

久しぶりに幼馴染の友美恵さんに連絡をしてみると、変わらず元気そうで、お互いの近況を報告し合った。友美恵さんは十年ほど前に農家の男性と結婚して同じ村に住み続けている。最近、実家から車で十分ほどのところに土地を買い、家を新築したとのことだった。近々帰る予定だと伝えると、そのときには是非会おうということになった。

年末年始の交通機関のラッシュを避けて、少し落ち着いた頃に陶子さんは娘を連れて帰省した。両親や弟夫婦はとても喜んでくれたが、いつもそうするように実家には泊まらず、近くの旅館に宿泊した。高齢の両親になにかと気を遣わせてしまうから――と、口ではそんな言い訳をしていたが、実際のところは、実家に泊まったら再びあの女を見てしまうのではないかと危惧していたからだった。

友美恵さんの家を訪れ、再会を喜び合った。娘は友美恵さんの子どもたちと遊んでいるようだった。話し込んでいるうちに小学生の頃の話題になり、ふたりで懐かしがった。そんなとき、一緒に実家の土蔵に入ったことがあったよね、と友美恵さんがいった。そこで見た写真の女に長年苦しめられてきたのだから、その言葉を聞いたとき、陶子さんは心臓が鷲掴みされたように息ができなくなった。

これまであの女のことを友美恵さんにはひと言も話したことはない。口に出してしまうことで気のせいだとか幻覚ではなく、実体を持ったなにかになってしまう気がしたのと、友美恵さんは当時否定していたが、やはり彼女の先祖の誰かかもしれず、幽霊のような扱いにしてしまうことは失礼だと考えたからだった。

しかし、陶子さんは意を決して「実は――」と、土蔵に入ったあの日から、写真に写っていた女が夢枕に立つこと、家の中や学校で目撃したことを告白した。だからこの村を早く出て行ったことも。上京後もあの女としか思えない、凄まじい形相で睨まれた出来事が何度かあったことを訥々と話しているうちに、知らず涙が溢れ出ていた。

「そんなことがあったなんて。もっと早くいってくれればよかったのに」

背中をさすりながら友美恵さんはそういってくれたが、なんと言葉をかけていいのか戸惑っている様子だった。しばらくして、友美恵さんは少し明るい声音で、

「そうだ、今日の夕方、どんど焼きがあるの。うちの子どもたちを連れていかないといけなくって。よかったら一緒に行かない？　どうかな、懐かしいと思うよ」

どんど焼きとは正月飾りを燃やす火祭りで、五穀豊穣や無病息災を願う伝統行事である。地域によっては「とんど焼き」「左義長」「三九郎」とも呼ばれている。

少し悩んだが、陶子さんは行ってみることにした。童心に帰って気持ちをリフレッシュさせることで、東京に戻ってからの活力を得られるような気がなんとなくしたからだった。

地域によっては午前中に始めるところが多いが、この村では夕方から夜にかけて行うの

が慣例だった。一月半ばの夕方五時はすっかり夕闇に包まれていたが、会場の休耕田に行ってみると、すでに三十人ほど村人たちが集まってきていた。

積もるほどではないが、ぱらぱらと細雪が舞っている。高さ十メートルほどの丸太と竹で組まれたやぐらにはすでに火が点けられていて、ぱきぱきと音を立てて燃えていた。一番上に据えられた大きなだるまにも炎が回っている。すべてが懐かしい景色だった。

すでに友美恵さんたちは来ていて、カラフルなまゆ玉をいくつも手に持っていた。火勢が落ち着いた頃に焼いて食べるのだが、子どもたちは待ちきれない様子だった。

しばらくしてやぐらが崩れた。そのタイミングで村人たちは火を囲んで、枝先に取り付けたまゆ玉を焼いた。アルミホイルで焼き芋を作ろうとしている者もいる。

そのとき、友美恵さんが陶子さんの横に来た。ダウンジャケットのポケットに手を入れ、なにかを取り出す。

写真だった。子どもの頃に見た、あの二葉の写真に間違いなかった。

「ここに来る前に実家に寄ってきたの。土蔵の中に入ってみたら、当時と全然変わってなくてさ。写真もあのときのまま箪笥の抽斗の中にあったよ。だから持ってきちゃった」

あの女の顔。見るだに恐ろしい表情でこちらを睨みつけている。初めて眼にしたときの記憶が鮮明に思い出され、その後の様々な出来事が脳裏に蘇った。

忌わしい写真。これに私は何十年も苦しめられてきたのだ。しかし、友人はなぜこれを持ってきたのだろう――そう思った瞬間、友美恵さんは火に近づき、手にしている写真をその中に投げくべた。見る間にめらめらと燃えていく。

「こんなの、燃やしちゃえばいいのよ。絶対に私の先祖ではないし、あなたを散々苦しめてきたと聞いたら、こうしないではいられなかった。今日が偶々《たまたま》どんど焼きだったのも、なにか意味があったのかもしれないね」

そのときだった。

ボンッ、と竹の爆《は》ぜる音とともに、炎の中から起き上がるような影が現れ、たちどころにそれはひとりの人間らしき像を結んだ。躯の中心は闇のように黒く、赤い炎が輪郭を形作っている。首だけ前に迫り出した猫背のような姿勢。あの女のシルエットそのものだった。顔には表情はないが、真ん中に口に似た穴があり、そこから咆哮《ほうこう》のような火柱を吐き出している。

唖然としてふたりはそれを見つめていた。なにも言葉が出なかった。周囲には十人ほどの老若男女がいたが、逃げようとして転倒する者、叫び声を上げる者がいて、その場にいる全員に見えているようだった。

炎に包まれた女はゆっくりと陶子さんたちのほうに向かってきたが、一瞬、苦しげに身もだえするような動きをしたかと思うと、電球のヒューズが切れるかのごとく忽然《こつぜん》とそれは消えた。

「その後は一度も見ておりません。女の姿も、あの表情で睨まれるようなことも。東京に戻ってから、かつてお付き合いのあったお客様からご融資をいただき、自分の店をオープンさせました。多くの方に支えていただきながら、今もなんとかやっております」

どうでしょう、使えますかね、こんな話——。

そう問われたが、頭を掻きながら引き攣《つ》ったような笑みを浮かべることしか、そのときの私にはできなかった。

シロギツネ

黒 史郎

ナッさんが子供の頃、同じ年頃の子が死ぬということがよくあった。伝染病や飢饉《ききん》で命がごっそり奪われるような時代ではなかったので、子供が死ぬ原因といえばシロギツネだった。

そのままの意味である。白い狐だ。

日本各地の伝承で神の使いだと神聖視されているものと同じ存在と考えていいだろう。ナッさんの住んでいた村では、これが子供を祟り殺すといわれていたのである。

雨上がりなど、水溜まりでぱっしゃぱっしゃと遊んでいると、田んぼの遠くで、ぴょんと跳ねる白いものがあった。そういうものを見たら大人たちはシロギツネ様、オキツネ様と呼んで有り難がったもので、餅や干し魚をシロギツネの塚に供えていた。

シロギツネ。そんなものをナツさんは信じていなかった。

田んぼで跳ねる白いものはナツさんも見たことはあったが、遠すぎて狐なのか風に攫《さら》われた手拭《てぬぐ》いなのかもわからない。

けれども、親も先生も近所のジジババも、大人という大人はみんな信じていたし、子供の中にも見たという者があるので、ただの迷信というわけでもなかった。

この村でどんな有り難い謂れがあるかは知らないが、子供たちにとってはシロギツネなんて、お化けのようなものだった。怖がって塚に手を合わす者もいるが、ガキ大将や洟垂れヤンチャ坊主になると、「どれ、そいつを捕まえてみよう」なんて大それたことをいいだす。大人が怖がっているものに対して強く出ることで、俺は強いボスだぞ、とアピールできるからだ。

顔も名前も忘れてしまったそうだが、ナツさんの家の近所には札付きの悪ガキがいて、こいつがシロギツネに石をぶつけたと噂になったことがある。

隣村の子供たちの話題にもなるほどで、ガキ大将の取り巻きが興奮して噂を広めて回っていたようだ。

本当にガキ大将がシロギツネに石を投げたのかはわからないが、次の日、件の大将はあっさり、ポックリ、死んでしまった。

朝、布団の中でゲロまみれになって冷たくなっていたという。

吐瀉物が詰まったことによる窒息死だろう。この頃の子供はいつも腹を空かしていて、飯を出されたら無茶なほど腹にかっ込む。出せば出すほどかっ込む。満腹状態で大口開いて笑ったり、走り回ったり、暴れたりした後、いきなり寝たりするものだからか、胃がひっくり返ってしまうのか、こういう死に方をする子が稀にだがあったそうだ。

通常なら運が悪かったということになるのだが、このガキ大将に関しては自業自得、シロギツネの祟りだということになった。

馬鹿げた話のようだが、シロギツネの祟りを裏付けるような不審な点もあった。

火葬場で焼いたガキ大将の骨から、大きな石ころが出てきたという。

腹の中に入っていたと見られているが、その石は明らかにガキ大将の口よりも大きかったそうだ。

消滅の森

つくね乱蔵

何年か前の夏のことだ。
今田さんは久しぶりに中学の同窓会に出席した。
帰省したついでだが、旧友達に会えるのはやはり楽しみである。
皆それぞれ歳相応に老けているが、懐かしい面影は残っている。
当時、常に行動を共にしていた友人の田坂が満面の笑みで近づいてきた。
互いの近況を語り合ううち、とある同級生の話題になった。
名を工藤という。
工藤は両親に死に別れ、祖父母に育てられたせいか、物静かな少年であった。
工藤には奇妙な趣味があった。町外れにある森でのキャンプである。
最初の頃、祖父母は当然ながら反対したのだが、悪い遊びを覚えるよりマシだと判断したらしい。

工藤曰く、夜の森は静かなようで生き物の気配に満ちており、怖くも何ともないそうだ。

今田さんはアウトドア活動には全く興味が持てず、話を聞くだけであった。

何度目かの会話で、今田さんは工藤の本当の気持ちを知った。

森でキャンプするのは、いつ死んでもいいと思っていたからだ。

むしろ、早く死んで両親に会いたいと工藤は呟いたのである。

そのような理由を知ってしまった以上、尚更一緒に行けなくなった。


「工藤さ、今でも森に行ってんだよ」

工藤は一年の半分をアルバイトに充て、残り半年を森で暮らしているのだという。

今田さんは心底から呆れた。

同級生達は四十歳を迎え、家庭を持つ者が殆どである。それなのにまだそんなことをやっているのか。

そもそも、どうやって半年も森で暮らしているのか。

もっともな質問に田坂は困ったような顔で答えた。

「森の中に集落を見つけたんだとさ。工藤はそこで仲間として過ごしている。少なくとも本人はそう言っている」

田坂はネットで周辺一帯の地図を検索してみたらしい。一時期の乱開発のせいで、森は小さくなっている。

集落などがあればすぐに分かるはずだが、それらしきものは見つけられなかった。これを突きつけたらどうなるか興味を覚え、周辺の様子を画像にして工藤に詰め寄ってみたそうだ。

すると工藤は、鞄から数枚の写真を取り出した。

集落の人達には内緒で撮ったらしく、いずれも焦点が合っていないが、確かに村らしきものと人が写っている。

全員が奇妙な形の白い服を着ていた。理由は分からないが、関わりを持ってはならない集団に思えたという。

その一件以来、田坂は工藤と疎遠になった。今でもメールは来るが、それだけだ。町で見かけても挨拶すらしない。

「最後に姿を見たのが今年の春。あと二カ月後ぐらいかな、出てくるのは」

それで話は尽きた。二次会でも三次会でも、工藤が話題に上ることはなかった。

その日から丁度二カ月後、田坂から連絡が入った。

久しぶりに工藤からメールが届いたのだが、その内容が異様だというのだ。

田坂から転送されてきたメールは、確かに尋常ではなかった。

『今日、家族ができた。俺はここで暮らしていく。楽しいぞ、ここは。お前も来ないか』

本文はそれだけだ。が、添付されている動画が強烈だった。

工藤の顔は髭《ひげ》に覆われていたが、すぐに判別できた。

工藤の周りには木で作られた大きな十字架のようなものが何本も立っている。

工藤は自身の隣にある十字架を撫でながら、こう言った。

「紹介するよ。これが家内だ。沙奈枝という。お腹には俺の子がいる」

工藤は次々に十字架の紹介をした。親戚一同が集まっているらしい。

動画が切れる寸前、工藤の背後にいきなり女が映った。臨月の妊産婦のように大きな腹だった。

田坂は様子を見てくるという。今田さんが引き留めても無駄であった。

二週間後、田坂からメールが入った。件名は空のままだ。開けると、本文は一行だけ。

『俺にも家族ができた。ここはいい。皆、お前を待ってる』

同じように動画が添付されていた。

田坂は工藤と肩を組んで写っている。その周りに沢山の十字架が立っている。何本かの十字架には、白い服が着せてあった。

その間を縫うように女が歩き回っている。何度か十字架にぶつかっているのだが、女は風のようにすり抜けていた。

その後、メールは一度も届いていない。

工藤はともかく、田坂は家族持ちだ。どうなっているか気にはなるが、今田さんは調べてはいない。

時折、二人とも夢に出てくるからだ。

夢の中で二人は、沢山の人とともに農作業をしている。

声や音は聞こえないが、楽しげな様子が見て取れた。

羨ましいと思うこともあるが、今田さんは参加する気はないそうだ。森を含む周辺一帯が、再開発の対象だと聞いたからである。森が消滅したとき、あの村が無事のままとは思えない。何とかしてそれを伝えたいのだが、一方通行の夢ではどうしようもないという。

顔《がん》膜《まく》隧《ずい》道《どう》

神沼三平太

今下さんは、中学生の途中で、故郷の集落から引っ越した。その集落には渓流沿いに南北に街道が走っており、南側から集落に入る口にはトンネルがある。

トンネルの集落側の入り口には、年に一回か二回の頻度で奇妙なものが現れた。半透明で大きな顔が描かれた巨大なシャボン玉の石鹸膜のようなものだ。それがトンネルの入り口をすっぽりと覆って風に揺れている。陽光にキラキラと輝くと、奇妙な美しさがあったが、如何せん人の顔をロードローラーか何かで轢《ひ》いて、無理やり延ばしたかのような図柄で、長時間見ていると吐き気を催した。

表情は出現する度に異なったが、同一人物の顔がモチーフになっているようだった。現れた膜は時間とともに次第に薄くなっていき、一時間ほどで消える。

そして、このトンネルの膜は、集落でも限られた人しか見ることができなかった。少なくとも今下さんはそう考えている。

祖父が運転する車でトンネルの前まで来ると、ごく稀にこの膜がはためいていることがあった。すると祖父は必ずUターンして帰った。

子供心に、祖父には膜が見えているのだと分かった。祖父がわざわざUターンするのだから、きっと良くないものなのだろう。今下さんにとっては、膜が出ているときには、たとえ徒歩であっても、トンネルは通らないという習慣になっていた。

小学四年生のときに、その膜を破った人を見たことがある。

夏休みの午後だった。虫捕りに行こうとトンネルの近くまで来たときに、また膜が張っているのが目に入った。

待っていれば消えるのは知っていたので、暫くそこで様子を見ることにした。

道の片側は石積みの法面《のりめん》、もう片側はガードレール。ガードレールの下は渓流だ。流れる水の音が耳に届いた。

信号待ちでもしているかのように、ちらりちらりと風にはためく虹色の膜を眺めていると、突然その向こう側から、原付バイクが現れた。

バイクが通り抜けると同時に膜はパチンと割れた。弾ける音はエンジン音にかき消されたのか、耳まで届かなかった。

バイクは今下さんの横をすり抜けて、集落のほうへと走り去った。

今のは山崎のお兄ちゃんだ。

彼は高校生だが、いつもバイクに乗って出掛けていく。

振り返ると、膜は消えて、暗いトンネルの口がぽっかりと開いていたが、その日はトンネルを抜けるのを止めておくことにした。

山崎のお兄ちゃんの葬式が出たのは、二日後だった、
後から聞いた話だが、彼は家に戻ると、酷い頭痛を訴えて、寝床に潜り込んだらしい。

翌朝、起きてこない長男を見に行った家族が、冷たくなっている彼を発見したという。

夏休みの終わりに、祖父と軽トラに乗ってホームセンターへ買い出しに出掛けた。例のトンネルを通り越し、橋を渡り、暫く行ったところで今下さんは祖父に話し掛けた。

「この間、山崎さんのお兄ちゃん見たよ。トンネルからバイクで出てきたときに、顔の描かれたところを破ったんだよ」

祖父にはあの顔の膜が見えているはずだ。だから突然話を振っても理解してもらえると思ったのだ。

黙ったまま、祖父は車を路肩に付けた。今下さんはどうしたのだろうかと思った。

「おい、それ誰にも言うなよ」

今下さんの方に顔も向けず、口調も厳しいものだった。普段の優しい口調の祖父からは考えられなかった。

「ごめんなさい」

「いや、謝ることじゃない。でも、誰にも言うなよ」


それから四年経ち、今下さんは両親の都合で中部地方の地方都市に引っ越すことになった。引っ越す前日に、祖父に呼ばれた。

「帰ってくるときに、あのトンネルには気を付けろよ」

迂回して、街道を逆方向から戻ってきた方が良いというのが祖父のアドバイスだった。

「もう何年も前になるんですが、父親が一人で帰省したときに突然死したんです。山崎の兄ちゃんのときと全く同じで、原因はあれに間違いないって、祖父は言っていました」

トンネルの顔のことは父にも伝えておいたが、彼には見えていなかったらしい。

祖父の落ち込みようも酷く、それから三カ月と経たずに亡くなった。

「もう土地も家も売ってしまったので、そこには縁もないんです。僕ももうあそこには行かないと思います」

逆シミュラクラ

神薫

義明さんは高校を卒業するまで山奥の小さな村に住んでいた。

「超弩級《どきゅう》の田舎で徒歩圏内に店がないの。車なしじゃ生きていけない世界なわけ」

彼の母親は専業主婦で、家事と寝たきりの祖父母の世話を一手に引き受けていた。

父親はそんな妻を一切手伝おうともせず、亭主関白の見本のような人だった。

「まあ、あの人なりに一人息子の俺を可愛がろうとはしてたみたいで、たまに車で買い物に連れてってもらったな」

義明さんは、実父のことを〈あの人〉と呼ぶ。

父親の気まぐれで不定期に麓の町まで連れて行ってもらうのは、彼にとって苦痛と隣り合わせの楽しみだった。町に出るには、対向車とすれ違うのも厳しいほど細くて曲がりくねる山道を、一時間以上も走らなければならなかった。

「砂利道の峠を4WDで飛ばしまくるんで、俺は車に酔っちゃうんだ。車内で吐いたらあの人が不機嫌になるから、口まで戻ってきたゲロをいつも無理やり飲み下してたよ」

その日も、義明さんは父親の車に乗せられて町に向かっていた。

「地元民ばかりの裏道だからさ、混むことなんてまずなかったんだけど」

のたうつヘビの如くぐねぐねカーブする峠道の途中で、彼らの車は渋滞に遭遇した。

数珠繋ぎになった車は一向に動く気配がない。

「停まってんのも暇だな。何があったか見に行くぞ」

列の最後尾で後続車がいなかったのを幸い、父親は義明さんを連れて車を降りた。

停車している車の脇を数分も歩くと、渋滞の先頭が見えてきた。

道を塞いでいるのは、フロントガラスの割れた乗用車と、横転した一台のバイク。

「もう帰ろうよ」と腕にすがりつく義明さんを振り払い、父親はどんどん事故現場へ近づいてしまう。仕方なく付いていくと、父親の歩みが急に止まった。

バイクから少し離れた砂利道の上にガラス片が散乱し、血だまりが広がっている。

血だまりの出所を目で追うと、そこには男性が一人、うつぶせにのびていた。事故の衝撃で脱げたのか、最初からノーヘルだったのかわからないが、ヘルメットを被っていない。

顔を地面に付けたまま男性は微動だにしなかった。

「あんなに血まみれになった人、テレビドラマでも見たことなかった。人間って、あんなにたくさん血が出るのかと思った」

生まれて初めて事故現場を間近に見た義明さんは、ショックのあまりその場で嘔吐してしまった。

父親がくるりと振り向き、奇妙に明るい声音でこう言った。

「あれ、まだ片づけてなかったんだ。ハハッ！」

救急車やパトカーのサイレンの音は聞こえなかった。携帯電話の普及していない時代、救助を呼ぶには電話のある麓まで誰かが連絡に行く必要があり、時間がかかった。

倒れた男性を間近で見物する父親が歩くたびに、砂利道に点々と赤いスタンプが押されていった。父親がビーチサンダルで無造作に血だまりを踏みつけているのだと思うと、再び吐き気がこみあげてきた。

結局、町に行くのは中止になり、父親の車はUターンして家に戻った。

その日の晩、義明さんはなかなか寝付けなかった。

目をつぶると、砂利道に広がる暗赤色の血だまりを思い出してしまうのだ。

何時間か輾転反側《てんてんはんそく》し、ようやく眠りかけたとき、何かに顔を触られて目が覚めた。

ひんやり冷たいものが、つん、つん、と彼の頬をつついている。

目を開けば、彼のすぐ鼻先にネギトロ丼の中身に似たものがあった。

寝る前こんなものはなかったはずと目を凝らしても、すき身の正体はわからない。

「シミュラクラ現象ってのがあるだろ？　あれだよ。あれの逆版だったんだ」

目のように二つ並んだ点と、その下に一つ口のような点があれば、ヒトの脳はその図形を〈顔〉だと認識する。それがシミュラクラ現象だ。

では、その逆とは。顔面でありながら、眼球も鼻梁も口唇も、およそ人面と連想できるものは何一つ残っていない。

「それだけ見ていたらわからなかったけど、首や肩とか、腕と手と、指があったから……それで、顔を砂利で摩《す》り下ろされて、グチャグチャになった人だってわかった」

そんなものが、彼の真横に添い寝していた。

事故を見たくて見に行ったんじゃなくて、嫌々お父さんについて行っただけなんです。その証拠に、「帰ろうよ」ってお父さんに言ったのは僕なんです。だから許して。

「ごめんなさい……」

義明さんが心から謝罪すると、血みどろのすき身は体温のない冷たい指で彼の頬を一撫でして、消えた。

それからまんじりともせずに過ごした彼は、夜が明けるのを待ってから、思い立って玄関へ行った。前の日に父親が履いていたビーチサンダルをひっくり返してみる。

右のサンダル底には血液がべったりと付着し、左のソールの凹んだ部分には、踏み潰されたネギトロのようなものが挟まっていた。

ミンチフェイスの男はこのことを知らせたかったのだと思い、でも子供の彼にはどうすれば良いかわからず――肉片の付着したビーチサンダルを、両親が起きてくる前に庭に穴を掘って埋め、しばらく手を合わせたという。

「あのとき、ぴくりともしなかった男の人は、生きていたのか、死んでいたのか。どちらにしろ助けもせずにじろじろ見てるだけなんて、人として許されない行為だよ」

その件以来、義明さんは父親を親とは思わず、〈あの人〉と呼ぶようになった。

高卒後、家を出た義明さんは十年以上〈あの人〉に会っていない。今後の人生で、再び〈あの人〉に会う気もないそうだ。

空き家の女の子

小田イ輔

O氏は、数年前から年金生活を送る六十代の男性。

奥さんとは退職を機に離婚し、二人で育てた一人娘は遠方に嫁いで疎遠になっている。

「まぁ、見捨てられたよね、色んなものにね」

彼が現在住んでいるのは、生まれ育った土地、生家である。

地元を離れて暮らしていたO氏は、既にローンを支払い終えていた街場のマンションと退職金の半分を手切れ金として奥さんに盗られ（と、本人は言う）、失意のまま都落ちしてきたのだそうだ。

「俺が集めてた趣味のものやらなんやら差し引いても、結構もってかれたな。まぁ、それでも一人で暮らして行く分には困らない、持ち過ぎは毒だと思うようにしてる」

今は亡き両親が残した家に住み、趣味程度に畑を耕しながらの生活。

しかし、彼自身、戻って来てからしばらくの間は、田舎生活を面倒と煩《わずら》い、土地と畑を処分して、早めに有料老人ホームにでも入ろうかと考えていたらしい。結局それをしなかったのは、近所の家の人々から随分と頼りにされたのがきっかけであったと語る。

「この近くには、うちの死んだ両親と同世代か、それよりも少しだけ若いぐらいの年寄りしかいないからね、買い物にしても、地区の仕事にしても、自分たちよりも若くて動ける人間がいてくれると便利なんだと思う」

山間の小集落、メディアでは「限界集落」という言葉がよく使われているが、言葉の意味だけで言えば、彼の実家周辺は限界などとうに超えているとのこと。

「年寄りだけが住んでる家ってさ、汚ねぇんだよ。大体みんな腰だの膝だのを患ってるから生活に小回りが利かないでしょう。掃除すんのも一苦労だし、それに緑内障だの白内障なんかで目も悪いから、ホコリも汚れも見えないんだ。そんな家ばかりでさ、どうやって生活してきたんだよっていう有様でね。みんな助け合って生きてきたんだろうが、もうどうにもなんねぇ」

長年畑仕事をしてきたせいか足腰の疲労は濃く、下肢の痛みの訴えは多いが、そのかわり老人たちは皆、頭ははっきりしているとのこと。

「介護申請をしても、認知症がなければ、せいぜい要支援なんだよ、ヘルパーさんたちだって仕事の時間には限りがあるからね。昔から知っている人たちだし、うちの親も世話になっていたであろうことを考えれば、多少の手伝いは買って出てやらないとな」

しかし、O氏の奮闘も空しく、一軒二軒と空き家が増えてきている。

「死んでしまった人も居れば、子供等に引き取られていった人もいるし。あとは病気して暮らせなくなって病院から施設へっていうパターン。ここ三年ぐらいで一気に人が減ったよ」


そんなO氏は自宅周辺、三軒の空き家の管理を頼まれてもいる。

「もともと、その家の息子や娘は俺の同級生でね、みんな地元を離れてしまっているけれど、実家を手放すのは惜しいっていうので、俺が頼まれて。その家々の換気をしたり、庭の草を抜いたり、何かトラブルがないかどうかを確認したりしているんだ」

そんな家々に、ときどき妙なモノがでるという。

「日本人形みたいな女の子なんだけどね、こっちが気付くとスススっていなくなる」

誰も住んでいないはずの家に出る幼女。

「かわいいんだよな、年寄りだらけの集落だから、なおさら」

複数の家をまたぐように、三軒ともに同じ女の子が出てくる。

「悪さをするわけでもないんだ。ただ居るだけで」

しかし、それは明らかにこの世のものではない。

「今はもう怖いことはないよね。子供だし、野ウサギとか猫とかそんな感じで見てる」


「最初はさ、やっぱりちょっと警戒してはいたんだ。近所の爺さんに相談したりとかね。でも『赤い子供じゃなければ大丈夫だ』って。その爺さんの話では、赤い子供は火事を起こすから見つけたら追い出さないとダメだけれど、そうでない場合は放っておけばそのうち居なくなるんだと。だからまぁ、窓を開けたり草取りをしている時にね、赤い子供が出て来ないかを確認するのも俺の仕事なんだ」

「ん？　ああ、いわゆる座敷童っていうのとは違うって話だ。人の住んでいない家を好むみたいでね。爺さんの話では、俺が戻って来る前の、空き家だったころの俺ん家にも出ていたらしい。ん？　見たい？　いやぁ、どうかなぁ。アレはね、終わっていく集落の、終わっていく家で、終わっていく人間だからこそ見えるものなんだと思うよ。俺はね、そう思っているんだ。あんなもん、まともな人間に見えるわけねぇだろう……終わっちまった俺だの、年寄りだのだから見えるんだよ、きっと。ホントに、俺も馬鹿になったもんだ……こんな話して……」

御影石

神沼三平太

九段さんは、そろそろ生きてる奴も殆どいないだろうし、ま、信じるも信じないも好きにしてよ——と前置きして故郷の話を始めた。彼自身も八十代半ばだという。

彼の故郷は北関東にあるが、今は廃村になっている。その村は過去に硫黄《いおう》鉱山で賑わったが、今は見る影もない。昭和三十年代に化学合成できるようになって、硫黄の採掘の需要は激減したからだ。

「硫黄は朝鮮戦争の頃までは黄色いダイヤなんて言われてたてね。そりゃ活気があったものさ。どんどん人も来て、小学校が幾つもできたりした。今となってはもう誰も住んでいない廃集落になっちまってるし、俺も故郷を離れてから半世紀近く経ってる。もう戻ったって何にもないしね」

明治時代には、その鉱山は特に盛り上がったそうだ。だから九段さんもピーク時の活気は知らない。

鉱山は掘り尽くしてしまえば後は用済みとなってしまう。その山も次第に産出量が減っていき、最終的に閉山になった。しかし九段さんに言わせると、実は閉山になる前から人はどんどん山を下りていたという。

「未来がなければそりゃ人は離れるよ。でも本当の理由は違うんだ。世間体には大きな地滑りが起きて廃村になったとか言われているけれど、その前に前兆があったのさ。それもちょっとおかしな話でね」

その〈ちょっとおかしな話〉は、大正時代に入った頃から起きるようになったらしい。

そしてそれは閉山となる昭和中期まで続いたという。


鉱脈を探して鉱山を掘り進めていくと、瓦礫《がれき》の層に当たることがある。岩盤だとダイナマイトを使って砕く必要があるが、瓦礫の層は脆《もろ》い。扱いを間違えると崩落事故が起きる。

その瓦礫の層から不思議なものが出てくるのだという。

一抱えもあるような大きさの球状の御影石《みかげいし》だ。御影石は岩石の分類としては花崗岩《かこうがん》になる。地下のマグマが固まってできた岩盤から掘り出されるものだ。硬く緻密な岩質で、屋外に放置しておいても浸食に強い。だから墓石に使われる。

加工されたような球状のものが自然に湧いて出るような石ではない。だが、それが瓦礫に混ざってごろんと出てくる。それも一個だけ。

明らかに人の手で磨いたような滑らかな表面をしており、そこには氏名が刻まれている。墓石に彫られているような立派な文字ではない。ただ、誰が見ても漢字や仮名、つまり日本語と読める文字が刻まれている。この石の通称を〈丸石〉という。この石が出てくると、そこに名前が刻まれている坑夫は、長くても数日以内に亡くなった。

もちろん最初は誰かの嫌がらせか、たちの悪い悪戯《いたずら》と考えられていた。掘り出した坑夫が吊るしあげられたこともあるという。

しかし、どうあれ坑道を掘り進めるとごろりと転がり出てくるのだ。そして例外なく石に指名された坑夫は亡くなる。

死因は作業中の事故のこともあるし、鉱山とは全く関係ないこともある。

「だから、山の神様からのお告げみたいなものだって考えていた。石を神社に納めたり、神主呼んで坑道をお祓いしたりとか、色々やってみたらしいんだ。でもダメだったね。掘り当てちゃったらおしまい。そういうものだった」

あるとき、瓦礫の層を掘り進んでいくと、〈丸石〉がごろごろと転がり出てきた。今まで掘り出されるのは一個ずつだったが、そのときは合計十個を超えた。しかし、その場の坑夫の名前が書かれた石はなかった。

翌日、石が出た場所とは別の坑道で落盤事故が起き、巻き込まれた者で生きて戻れた者はいなかった。

巻き込まれた者は十名以上、全て前日の石に名前が刻まれていた。

「閉山になる前に、大きな地滑りがあったって言ったよね。あれは、その前に大量に〈丸石〉が出てきたんだ。二百個までは数えたけど、本当にもう数え切れないほどだった。会社の上のほうも慌ててね。神社じゃダメだからって坊さんを呼んでさ、供養してくれ、祟り祓いしてくれって泣きついたんだけど、全く効かなかったね。結局地滑りが起きて大勢が飲み込まれちまった」

だから地滑りが閉山の原因ってのは間違いとは言えないんだけどさ。

石が出た後に地滑りが起きたんだよ。
当時のことを知ってる人は殆ど生きていないだろうし、もう時効だろうからね。
まあ、こんなこと言っても信じてもらえるとは思っていないよ。
今では鉱山のあった場所は、この世の果てのような土地になっているという。

いくつ子

神薫

吉田さんは小学生の頃、夏休みに田舎の祖母の家に泊まった。

祖母の住む土地は、当時から既に限界集落であった。辺りに住むのは老人ばかりで、一番若い人でも三十代後半、同い年どころか吉田さんと年齢の近い子供すらもいなかった。

近所を探検した吉田さんは山中に廃《すた》れた神社を見つけ、そこで一人遊びをした。

「ドングリや木の実を拾ったり、地面に木の棒ででっかいロボの絵を描いたりね。一人でも案外飽きないもんだったよ」

次の日も神社に行き、境内にロボットの絵を描き足していると背後から声をかけられた。

「ねえ、遊ぼ」

吉田さんが振り向くと、男の子が一人、はにかみながら立っていた。

身長が彼とほぼ同じなので、年齢も同じくらいだろうか。

君、いくつ？　と尋ねようとしたところに、駆け足でもう一人の子供がやって来た。

「その子の顔を見たら、声をかけてきた子とそっくり同じだったんで、双子だと思った。着ている服は二人とも作務衣《さむえ》のようだったけど、和柄の模様が微妙に違っていたな」

吉田さんが〈鬼ごっこしよう〉と提案すると、二人はのってきた。

じゃんけんで負けた吉田さんが鬼になり、二人を追いかけていると、四方八方からどんどん子供が走って合流してきた。

「その、誰もが全く同じ顔だった。六つ子の漫画を読んでいたから、それくらいはあるだろうなと思ったが」

子供たちは、さらに来た。

優に十人を超えた子供たちが、笑顔でさんざめきながら吉田さんから逃げ惑う。

吉田さんが全力で追いかけても、みな足が速くて捕まえることができない。

「俺はクラスではけっこう足が速い方だったのに、田舎の子は鍛え方が違うなあって妙なところに感心してた」

しかし、来る。まだ来る。

同じ顔、同じ背丈、同じ声で服の柄だけが間違いさがしのように少しずつ異なる子供がひとクラス分ほども集ったとき、さすがに吉田さんも何かが変だと気付いた。

「一人のお母さんから、一遍にこんなに同じ顔の子供が産まれるわけないって……」

子供らの均質な笑顔が不気味なものに思えてきて、吉田さんは踵を返すと神社を抜け出した。

「正門から出たら家まで一本道でね。追って来られると嫌だから、裏手の藪を掻き分けて、行ったこともない山道を逃げたんだ」

その選択は間違いだった。後をついて来られないように藪の中をめちゃくちゃに駆け下りた結果、吉田さんは山の斜面から滑落してしまったのだ。

「着地したときに利き足を変なふうにくじいてしまって、自力じゃ歩けなくなっていた」

当時、携帯電話はまだサイズも大きく高価であり、子供が持つような機器ではなかった。

幼い吉田さんには家族に連絡できる手段など何もなかった。

動けずにうずくまっているうち、吉田さんは心細さから泣けてきた。

「時計を持っていなかったから、体感時間では五、六時間も過ぎた気がしたが、実際には一時間かそこらで助けが来てくれた」

彼の父親と、村で一番若い四十を目前にした男が、共に吉田さんの名前を呼びながら山に入って来たのだという。

「助けてーって大声で叫んで見つけてもらって、おんぶされて祖母ちゃんちに帰ったよ」

すぐに彼は父親の運転する車で数十キロ離れた病院に連れていかれたが、歩けないほど痛かったはずの怪我は大したことがなく、軽い捻挫《ねんざ》と言われて湿布が出たのみだった。

「後から聞いたのが、俺が山で怪我したことを、家族に教えた子がいたことだよ」

時間的には彼が転んで泣いていたころ、彼の祖母の家を訪ねて来た子供がいたという。

その作務衣姿の男児は、〈お宅の子が怪我している〉と吉田さんがいる場所を正確に告げ、何処かへ立ち去ったのだそうだ。

「何が変って、限界集落だからさ。そんな子供は里のどこにもいなかったんだよ」

吉田さんが神社で起きたことを話すと、彼の祖母は〈神社の神様が、遊んでくれたお礼に助けてくれたのかもしれないね〉と微笑んだという。

「その年はそれで家に帰ったからさ。俺、次の年から祖母ちゃんちに行ったときには、お礼にお菓子を持って神社に通ったんだ。けどな、あの子供らには一度も会えなかったよ。悪い奴らじゃなかったんだから、怖がらないでもっと遊んでやれば良かったよ」

今後、結婚して子供ができたら、あの神社に連れていきたいと吉田さんは思っている。

山の井戸

神沼三平太

田辺さんから聞かせてもらった中部地方の某県での話である。

その集落には江戸末期まで行われていた秘密の儀式があるという。

集落は山間部の水源から離れた場所にある。干ばつが起きると、水を集落まで引いている水路がすぐに枯れてしまい、何度も水不足に悩まされた。

だが江戸時代の初期に修験者の男がやってきて、井戸から水を溢れさせるための儀式を伝えたとのことで、以後は干ばつのときでも水の確保ができるようになった。

伝承ではそのように語られている。

田辺さんが小学生の頃の話になる。

山に入って子供同士で仲良く遊んでいると、急に一番年下の健太の姿が見えなくなった。

どこかに隠れて寝ているのか、それとも一人でもう帰ったのかと全員で周囲を探していると、普段入り込まない藪の奥に、大きな黒い穴が口を開けているのを見つけた。

健太はきっとここに落ちたに違いない。しかし声を掛けても返事がない。

ここに落ちたなら子供だけでは手出しもできない。彼らは大人を呼ぶことにした。

話を聞いた親達は、慌てて現場を訪れた。

「埋め忘れの涸れ井戸がまだあったのか!」

「おい、ロープ! ロープ持ってこい!」

集落の大人が総出で穴を確認し、井戸の底に倒れていた健太を引き上げて、急いで病院に運んだ。しかし、健太は全身を打ったショックで既に事切れていた。

翌日には、また誰かが落ちてはいけないということで、大人達が涸れ井戸を埋めに山中を目指した。しかし何故か皆すぐに帰ってきた。昨日の井戸から水が溢れて、小さな川のようになっているというのだ。

前日の様子は田辺さんも知っている。古い井戸の穴に水の気配はなかった。それが一夜にして、溢れて流れるほどに水が湧き出ているらしい。

不思議なことが起きたぞ、さてあの井戸を埋めるにはどうしたら良いだろうと騒いでいると、話を聞きつけた神主がやってきた。

「古い井戸が見つかったというのは本当ですか」

大人達が経緯を話すと、神主は慌てた様子で神社に戻っていった。


最近になって、田辺さんは両親に訊ねた。

「――子供の頃、山の井戸に落ちた子がいたの覚えてる？」

すると、二人は確かにそういうことがあったと認めた後で、あまり表に出さないほうがいい話だぞと諌めた。

両親によると、神主がその夜遅くに、水を吐き続ける井戸まで足を運んで念入りに地鎮を行ったのだという。すると今まで井戸からこんこんと溢れていた水が徐々に引き、最終的に元の黒々とした穴に戻った。

「埋めるなら今しかありません」

神主の言葉に、皆で手分けして井戸を埋めた。

以後山の中で涸れ井戸を見つけた場合には、すぐに神主に知らせることが決まりになっているらしい。

「何で神主さんに連絡しないといけないの」

田辺さんの問いに対して、両親は、この土地に昔から伝わる野蛮な風習が原因だと、そっぽを向いた。


後日、彼が地元の友人と呑んでいるときに、たまたま子供の頃の話が出た。

その友人は例の神社の次男坊だ。両親が触れたがらなかったこの件について、彼は事情を話してくれた。

「もちろん今は上下水道もあるし。そもそも明治になって新しい水路を引いて、この集落でも水に苦労しなくなったらしいんだけど、それよりも前は相当酷かったみたいよ」

確かにその話は耳にしたことがある。

「修験者が水を得るための儀式をしたって伝説だろ」

「お前、その儀式のやり方って具体的にどうするか知ってるか」

知らないと答えると、友人は、そうだよなと困った顔をして、概略を教えてくれた。

まず集落の山に井戸を掘る。しかし地下には水源がないため、掘っても涸れ井戸にしかならない。そこで修験者はその土地に水の神を宿らせる儀式を執り行った。

ただ、それには生贄が必要だった。

以後、この村では定期的に井戸が涸れるようになった。そのたびに井戸に集落の人間をつき落とす。すると翌日には水が再び湧く。つまり人柱を要求するのだ。

「だから健太は偶然、水の神様のいけにえになっちまったんだ。神様って奴は、いつまでも交わした約束を守るんだから、本当に律儀なものなんだよな――」

伝承通りに井戸から水が湧いたことには、神主の父も驚いていたよと友人は結んだ。

実はその家

黒木あるじ

山形県内に暮らす女性から、こんな話を聞いた。
味わいのある語りが印象的だったので、それを再現する形で紹介したいと思う。

うちの実家、[redacted]（県北部にある町）なんですね。まあご存知のとおり田舎なんですが、その所為か、変な地名や歴史が多いんですよね。たとえば、実家近くに長尾という集落があるんですが、ここは湖に棲んでいた大蛇がズタズタに切り裂かれて、その長い尾っぽが流れ着いたので現在の地名になったんだそうです。余所《よそ》ではあまり聞かない由来でしょ。

ほかにも祈祷塚とかお経ヶ原とか、すこしゾクゾクするような名前が多いんですけど、そんな場所なもんで、変わった風習もけっこう残っていましてね。

その最たるものが——ある「お祭り」なんですけれど。

あ、具体的にどういうお祭りなのかっていう説明は、ちょっと勘弁してもらえますか。「他地区の人にベラベラ喋るもんでない」って釘を刺されているので。

私たちにとってはごく普通の慣れ親しんだ、けれど余所の人が見ればちょっと驚くようなお祭り――とだけ言っておきます。

それで、このお祭りのいちばんの特徴は「神様の持ちまわり」なんです。お祭りで祀る御神体を毎年、地区の家々が順番どおりに管理するんですよ。ええ、ええ、そうなんです。きちんと順番が決まっていて、それは絶対に動かしてはいけないことになっているんです。

御神体の管理にも、いろいろと細かい面倒なしきたりがあってね。おかげで担当の家は、一年のあいだ大変なんですけれど、そんなものは所詮「人間の都合」ですから。神様には関係のない話なんですよ。

えっ、もし勝手に変えると――ですか。

焼けます。

その家、焼けてしまうんです。

かならず。

絶対に。

「火伏せの神様だから、怒ると逆に燃やすんだ」なんて話を聞いた記憶もありますけれど、詳しいことはわかりません。あまり詮索するのも良くないと言われているので。ただ――過去に一回だけ、どうしても都合が悪くて順番を飛ばしてもらった家があるんですよ。

ええ、焼けました。

居間の大きな座卓が炎に包まれて、あっというまに全焼です。

火の気は全然なかったみたいですけど。だからやっぱり、そういうことなんでしょう。

それ以来、地区の人たちは順番を頑なに守っていますよ。ええ、現在もです。

（ぜひ、焼失した家の住人から話を聞きたいと興奮する私に対し）

あの、落ち着いてください、住人の話、もう聞いていますよ。

はい、はい。そうです。

実はその家――私の実家なんですよ。

赤いゼリー

真白圭

「見た目はさ、まるっきりイチゴのゼリーだったよ」

島崎さんは、都内のとある日本料理店の板場に勤める料理人だ。

先日、他愛ない雑談をしていたとき、「今まで食べた中で、変わった料理はなかったですか？」と尋ねたところ、ある料理について教えてくれた。

「田舎のじいちゃんの家で食べたんだよ。父方のね。俺がまだ小学生の頃だったなぁ。当時はさ、夏休みに四、五日、ひとりで田舎に泊まりに行ってたんだ……でね、その日の夕飯で、ばあちゃんが妙なものを大皿に盛ってきたんだ」

それは、切る前の出汁巻き卵ほどの大きさで、鮮やかな赤い色をしていたという。

全体がゼラチンのように透明で、大皿の上に四、五本が盛られている。

食卓に並べられた煮物や漬物の中にあって、とりわけその料理は奇抜に感じられた。

およそ、田舎の旧家で供されるとは思えない、カラフルなデザートのようだった。

「ただささ、そのゼリーっぽい料理、なんか動いていたんだよ。……いや、ゼラチン状だからって、揺すられて動いたってことじゃないよ。なんていうかな、それの表面がさ、蟲《むし》みたいにゾワゾワと勝手に震えていたんだ」

思わず島崎さんは「えっ、これってまだ生きてるじゃん」と声を上げた。

すると祖父が、熱燗を啜りながら「そうだ、凄いだろ！　これは、滅多に食べられるもんじゃないんだぞ」と、答えたのだという。

そして、大皿からその料理をひとつ抓《つま》むと、齧《かじ》りつくようにして頬張った。

「一瞬、そのゼリーが身を捩《よじ》ったように見えたんだ……さも、苦しげにね。でも、じいちゃんは、そんなことお構いなしでね」

傍らで、祖母もゼリーを貪《むさぼ》っていた。

それを見ているうち、島崎さんも「俺も食べてみようかな」という気になった。

さすがに大きいのは気が引けたので、一番小さいゼリーに恐る恐る口をつけてみたのだという。

「それがさぁ、見た目と違って塩味だったんだ。それに、コリコリとした歯ごたえの、ほどよい食感だったのを覚えているよ。ただ、潮の香りや旨味をまるで感じなかったから、海の生き物ではないと思うんだ。それに、そいつを噛んでいるとさ、たまに口の中でもぞもぞと動くんだ……その感覚がちょっとね。だけど、俺はその頃から、なんでも食べる子だったから」

吐き出しはしなかったものの、二度目の箸をつける気にはなれなかった。

その代わり、島崎さんは祖父母に「これ、なんて料理?」と訊ねてみたそうだ。

すると二人は、咀嚼《そしゃく》したゼリーで口内を満たしたまま「○※△チ×ッ」と、まったく聞き取れない言葉を呟いた。

結局、料理の名を確かめることはできなかったという。

「でね、じいちゃんの家から帰って、すぐに親父に聞いてみたんだよ。『じいちゃんの家でイチゴゼリーみたいな料理を食べたんだけど、あれなんて言うの?』って」

だが、父親は首を傾げながら「そんな料理、俺は一度も食べたことないぞ」と、にべもなく否定したという。

むきになって説明するほど、そんなものはあり得ないと笑われた。

「でもさ、俺は間違いなく食べたんだよ、あのゼリーを。だから、ずうっと気になっていてね。その次の夏休みに、もう一度じいちゃんに聞いたんだ。『去年、ゼリーみたいな変な料理を食べてたよね』って……」

するとと祖父は「そんなのは知らん」と吐き捨てて、不快そうに顔を顰《しか》めたそうだ。

それから三十年ほど経つが、島田さんはいまだにあの料理が何だったのか、突き止めることができない。

満月

黒木あるじ

北関東の山村で「生き字引」と呼ばれていた古老のE氏より、学生の頃に聞いた話である。

E氏がまだ小僧の頃というから、昭和もはじめの出来事。

村には「夜、子供たちを近隣へ遣いにやるときは満月の日にすべし」という決まり事があった。

夜道は危ないというのが表向きの理由だったが、実はもうひとつ、れっきとしたわけがあったのだと、E氏は語る。

化かされるというのである。

E氏の住む村と隣村を繋ぐ道は山中を越えねばならず、その山には昔から狐が棲んでいた。

この狐が、ことあるごとに人を誑《たぶら》かす性悪で知られていたという。

一本道を二股、三股に分かれさせて道程を迷わせたり、村とは正反対の方角に狐火を焚いて、道を誤った者を川へ落としたりと、とにかく悪戯がひどい。

特に、子供は格好の標的になった。

「眉《まゆ》の上さ消し炭を塗れば化かされねえし、道に迷ったら後ろ向きでしばらく歩くと術が解けるんだ。けれど、子供はそんな遣り方も知らねえから、まあよく化かされったな」

遣い物の干し鰯《いわし》を、山中で出遭った見知らぬ女にばりばり喰われたと泣きながら帰ってくる子供。山道に金塊が落ちていたと興奮しながら、両手いっぱいの馬糞を土産に戻ってくる子供。

どれだけ策を講じても、害を被る子供はいっこうに減らない。

だが、化かされた者に話を聞くうち、満月の晩だけは誰も騙されずに済んでいたことが判明した。

以来、村ではくだんの決まりが布かれ、特に子供たちにはその旨が強く言い含められた。

ある夏の夜。

E氏の隣家に暮らす「婆ちゃ」が風邪をこじらせて、いよいよいけなくなった。

婆ちゃの娘は隣村に嫁いでおり、ほかに身寄りもない。

一刻も早く報せなければと、婆ちゃの介抱に追われる大人たちに代わり、十歳になったばかりのE氏が隣村まで走ることになった。

提灯を手に、山道を駆ける。

こちらを見つめて「頼んださげの」と弱々しく呟いた婆ちゃの声と、嫁入り前に遊んでもらった娘の笑顔を思い出しながら、駆け続けた。間に合うだろうかという不安を打ち消しながら、走り続けた。

「それでも、やっぱり怖かった。真っ暗な道てのは、どれほど走ったか距離感が掴めねえからな」

木立が風に揺れる。梟《ふくろう》がどこかで鳴いている。時おり木の枝が、ぺき、ぺき、と折れる音が、藪から聞こえてくる。耳にするものすべてが、なんだか恐ろしかった。

ふと、狐の話を思い出す。

彼自身は幸いにしてまだ化かされたことはなかったが、親戚の子が牛ほどもある大草鞋に追いかけられた話や、隣村の若い衆が、鳥のようにひらひら飛ぶ無数の着物に出遭った話を耳にしていた。

そういえば、満月なら狐は出ないと言っていたっけ。

ためしに空を見上げると、群雲をまとった満月が森を照らしている。

良かった。今日は満月か。

安堵に息をついて駆け出した視線の先に――

もうひとつ、月が輝いていた。

「え？」

慌てて、今しがた月を見た方角へ首を回す。

月が、やっぱり空に浮かんでいた。

混乱するE氏の目の前で、ひとつ、またひとつと泡のように月が増えていく。

またたく間に、夜空は満月の大群で覆われてしまった。

「しまった、化かされたとは思ったけど、まだ小僧だもの。どうして良いか、わからなくなってなあ」

涙が零れた。化かされた恐ろしさよりも、婆の臨終に間に合わないという悔しさで涙が止まらなくなった。どうしよう。

悩んだすえ、彼は咄嗟に地面へ膝をつくと、月の大群に向かって頭を下げたのだという。

「頼む、ウチとこの婆ちゃが危ねえんだ。娘ッコが死に目に逢えねえかもしれねえんだ。通してくれ」

額をこすりつけて、なんべんも「通してくれ」を繰り返した。

どれだけ土下座を続けただろうか。ふと、視界が暗いのに気がついて、顔をあげる。

空は、いちめんの闇に戻っていた。杉木立へ隠れるように、三日月が見える。

満月は、何処にもなかった。

「ありがとう」

暗闇に向かって声をかけると、E氏は再び走りはじめた。

「なんとか間に合っての、娘は婆ちゃの最期を看取ることができたよ」

明け方、亡骸《なきがら》に取りすがって泣く娘だけを残して、村人たちはこっそりと婆の家を出た。

「おい、あれ」

一人が、山へと続く坂道を指さす。藪の奥に、六つの目が光っていた。

山犬ほどもある狐と、二匹の仔狐がこちらを見つめている。

「……お前《め》ぇもおっ母《かあ》だから、許してくれたのか」

E氏の声に応えるように身を震わせてから、狐の親子はゆっくりと森の中へ姿を消していったそうである。

その後、戦後になって山は切り崩され、町へと続く大きな道路が走った。それと前後するように、いつの間にか狐の姿は見られなくなったという。

「昔話みてえな出来事ってのは、あの頃はたくさんあったもんだよ。そんな時代だった」

当時を懐かしみながら目を細めて笑っていたE氏も一昨年鬼籍に入り、この話を知るのは、もう私と村人の数人しかいなくなってしまった。

無差別

つくね乱蔵

高橋さんが生まれ育った村には、古くから伝わる祭があった。

豊作祈願の祭と言われていたが、それはあくまでも表向きである。

本来の目的は別にあった。公にできることではなく、文献は一切残されていない。

全てが口伝によって、連綿と受け継がれてきたという。

この祭に神輿《みこし》や山車《だし》などはない。小さな村であり、神社もまた小さいからだ。

代わりとして、様々な舞いが奉納される。巫女役の女性による神楽舞から始まり、子供たちの稚児舞や、狐面を被った舞いなどが披露される。

最後は狂言である。素人ながら、なかなかの域に達しており、近隣の村々からも見物に来るほどであった。

ここまでは表の祭だ。いわばカモフラージュである。真の祭は深夜に行われる。

参加できるのは村人のみ。それも二十歳以上の男性に限られていた。舞いが奉納されることに変わりはないのだが、その内容が違う。演者は二人、それぞれが鬼と武者に分かれる。鬼は大声を上げて暴れ回る。張りぼての家や、藁で作った人形を壊していく。狂乱するその姿は、舞いなどと呼べるものではない。単なる体力勝負だ。その鬼を武者が退治することで、村の平穏無事を願うのだという。鬼が本気で暴れ回る以上、武者もとことん退治する。何とも凄まじいことに木刀で打ち据えてくる。

鬼の扮装は綿を入れてあり、怪我のないようある程度の力加減はされている。が、それで痛みがなくなるわけではない。武者役は木刀だけで満足していない。殴り、蹴り、投げ飛ばし、その一挙手一投足に観客が沸く。沸けば沸くほど神様が喜ぶと言われているため、誰も止めようとしない。

したがって、鬼役は身体の丈夫な若者にしかできない。加えて、もうひとつ条件がある。村は、上と下とに区別されている。上下といっても、土地の位置関係ではない。生活水準を指す言葉だ。下の村は、上の村に死んでも逆らえない。使える水源や、耕作地も制限がある。

日常生活は元より、小中学校においても呪縛から逃れることはできなかった。

鬼役は下の村が担う決まりになっていた。

更に、下の村内でも上下がある。高橋さんは、本人曰く「下の下」だ。

先祖は流れ者であり、元々の村民ではなかったらしい。

下の下が神社の決定に逆らえるはずもなく、高橋さんは二十歳を迎えてから四年連続で鬼役を務めていた。

その前の鬼役は高橋さんの兄、智彦さんだ。智彦さんは鬼役で受けた傷が元で、苦しみ抜いた末に亡くなった。

村を出れば良いだけの話なのだが、それができない理由がある。

高橋家に父はいない。早くに死んだと聞かされていたが、実際のところを高橋さんは兄から聞かされた。

母は身体を売って生活しており、父親が複数いるために特定できないのである。

無理が祟ったか、母親は何年も寝込んだきりだが、村にいる限り、最低限必要な生活費が与えられる。

村を出て家族三人で暮らしていく計画を立てたこともあったが、肝心の母が見知らぬ土地での生活に怯え、反対したのであった。

現代にあるまじき話に思えるが、それほど遠い過去ではない。ほんの三十年ほど前である。

高橋さんが五年目の鬼役に決まった年、母が死んだ。

足枷がなくなり、高橋さんは村を出る覚悟を決めた。

だが、敢えて鬼役は引き受けたという。

祭の当夜、会場は既に満員であった。武者役は例年通り、地主の息子である。

太鼓が打ち鳴らされる中、現れた高橋さんを見て村人は息を呑んだ。

例年と異なり、高橋さんが鬼の面だけをかぶっていたからである。

高橋さんは一声吠え、武者役の木刀を奪い、思い切り振り下ろした。頭を割られ、失神した武者役を蹴り飛ばし、高橋さんは並み居る村人たちを次々に叩きのめしていった。

逆らう者もいるにはいたが、素手で木刀に立ち向かえるわけがない。高橋さんは高らかに笑いながら会場中を血の海に沈め、悠々と立ち去った。

その足で村を出たという。

高橋さんは都会で暮らしながらも、連休期間や盆暮れなどは密かに村に戻り、監視を続けていた。

最初は不安からだ。犯人が犯行現場に戻る心境である。

自分たちの家は何もされずに残っていたため、身を隠すのには最適だった。

馬鹿ばかりだなと呆れながら、のんびりと過ごしたそうだ。

まず、高橋さんの目を惹いたのは村人たちの傷である。高橋さんが木刀で殴った傷が、半年経っても治らないのだ。

その理由について、高橋さんには思い当たるところがあった。

あの祭で使った鬼の面と木刀は、何十年も使われ続けている。下の村の者だけがやらされ続け、虐げられた証しともいえる。

その都度、武者役に滅多打ちにされた恨みが蓄積されているのではないか。

あのとき、あれほど凄まじい力が出せたのも不思議だが、それも恨みの力なのかもしれない。

そう考えれば納得できる。

高橋さんは、自分の考えを実証してみようと考えた。鬼の面をかぶり、木刀を持ち、村の畑に向かう。

全ての畑に木刀を突き立て、念を込める。何をやっているんだろうと自らを嘲笑しながら始めたことだが、いつの間にか夢中になっていた。

これが効いたかどうか、証拠はない。だが、とにかく作物が育たなくなった。

例年と変わらない天候で育て方も同じなのに、米も野菜も全く育たない。

結果に自信を持ち、高橋さんは次々に手を広げていった。

将来の夢など初めからない。温かい家庭など必要ない。とにかく村を破滅させるためだけに人生の全てを費やす。

そう決めたという。

夏休みの学校に乗り込み、一つ一つの机に念を込める。

村には公共の水道がなく、豊富な湧き水を利用していたのだが、そこにも木刀を突き立てる。

村で唯一の診療所も忘れない。それぞれの家はゆっくりと時間を掛けて何度も行う。

墓地ですら例外ではない。安らかに眠るなど勿体ない。

神社は見逃した。というか、やる必要がなかった。何もしなくても、村が壊れていくにつれて勝手に寂れていったからだ。

高橋さんは、ありとあらゆる場所に呪いを注入していった。

そうやって地道な努力を積み上げていき、村を滅ぼすのに二十年かけた。

少し前まで、高橋さんは生きる目的を失い、抜け殻のように暮らしていた。

最近になって、また活き活きとしている。

何故だか理由を訊くと高橋さんは楽しげに教えてくれた。

鬼の面と木刀を携え、日本全国を巡る旅に出るそうだ。

箱

中縞虎徹

今から四十年ほど前、横尾氏が生まれ故郷の村で生活していた頃の話。

当時、彼は高校までバス通学をしており、家からバス停の間を徒歩移動していた。

その道すがら、何の気なしに目をやった先に、いつも「箱」があった。

「ほんでさ、こう、歩いてるとあるんだよね」

「大きさ？　大体三十センチ四方ぐらいよ。道のすぐ側にあることもあれば、田んぼの畦だったり空き地の端だったり、色んな所にふっとあるの。家の中に入ってくるなんてことはなかったから、キツネだのタヌキ見かけるような感覚に近いかな。うん、その頃にはもう日常っていうか、ずっと小さい頃から見えてたから」

目にする時々によって素材も違えば模様も違い、話を聞く限りそれぞれ全く別な箱のようなのだが、横尾氏によると「全て同じモノ」なのだという。

「木箱だったりダンボールだったり、なんか葛籠《つづら》？　古民具とか入ってるような、ああいうのの時もあったりね。ただ見かけは重要じゃなくて、中身っつーか、いやこの場合『箱』そのものもそうなんだけど……説明面倒だな」

横尾家はもともと村の神様を祀る家系であったそうで、彼曰く「色々あった結果」数世代前に神職としての立場を廃し、以後は一般の農家として暮らしてきたとのこと。

「だから、もともとうちの家で祀ってた神様だっていう話なんだよ、その『箱』が」

神様は横尾家が神職から降りた後も、再び祀って欲しくて代々に取り憑いたようになっており、横尾家に長男が生まれると縁を結ぶべく箱の形をして日常的にちょっかいをかけてくる、そんな話を彼が子供の頃、祖父が昔話のようにして何度も語ってくれたそうだ。

「明治の頃には火事だのなんだの面倒なことが続いたとか言ってたね。だから『絶対に開けるなよ』って言われてたんだ。面倒くせぇことになるから絶対にだめだぞって。祖父《じい》さんも親父もそう言われて育ったらしい。子供ができれば自分たちは見えなくなるから、俺に『開けるなよ』って言う以外の術《すべ》がないわけ」

まだ年端もいかない頃から謂れを聞いて育ったためか「箱」が目に入ってくること自体

「そういうものだ」と受け取り「開けなければいいのだから」という理解のもと、どこか当たり前のことのようにしてやり過ごしていた。

「屋根の上とか、木の枝の先の方とかに乗ってる日もあった。さすがに『そりゃないでしょ』って思ったもんだけど、ガキの頃からの日常だから、怖いとかはなかったな」

まさしく「ちょっかいをかける」と表すにふさわしいような中途半端な擬態を駆使し、箱は、横尾氏の日常へ歪《いびつ》に溶け込んでいた。

「箱ってのがいやらしいよな。なんかの拍子に開けてしまうとか、それでなくとも中身気になってつい、ってことありそうじゃない。でもこっちもダメだって言われて育ってきたし、どういうわけか『ほんとに面倒くさそう』って子供心にも感じるんだ。だからそもそも、俺の直感として開けなかったってのはあるな。まァ、結局開けたんだけどさ」

それは夏の盛りが過ぎた、ある晩のこと。

「村のお祭りがあったんだよ、もっとずっと昔にはうちの神様のための祭りだったらしいんだが、当時はもう全然関係のない、夏の終わりのちょっとしたイベントに過ぎなくなってた」

高校三年生になっていた彼は、受験勉強の息抜きにふらっと寄ってみることにした。

「塾の帰りにね、ほんと祭囃子に誘われるような感じで」

小規模ながら夜店などの出店もあり、地元の人々が賑やかに過ごしている会場に顔を出すと、見知った年長の住民が声をかけてきた。

「すっかり酔っぱらっててさ、せっかくの祭りなんだからビールの一杯ぐらい飲んでけって高校生に酒を勧めてくるわけ、今と違って、もろもろ寛容な時代だったんだな」

横尾家は村では最古参で名の通った家である。故に長男である彼は子供の頃から広く顔を知られてもいた。

「面白がって大人たちが集まってきてさ、それなりに飲まされたんだわ」

家路につく頃には酔いも回り、すっかり気持ちよくなっていた。

祭り会場から家までは歩いて十五分ほど、浮ついた体でふらふら夜道を歩いていると、彼の進路を塞ぐように、例の箱が鎮座している。

「『箱を開けない』という判断が絶対の基準として身についてたから、多少酔っ払ったぐらいじゃ開けないと思うんだよな。だから、うん、隙をつかれたっつーか、開けるとか開けないとか、そういう判断自体をキャンセルされたような、そんな感じだったように思う」

気が付いた時には既に箱を開けており、彼はその中身を見たらしい。

「そんで、その『箱を開けた姿勢』のまま、その場にうずくまるようにしてるのを後から来た祭り帰りの人達が見つけて、家まで連れて行ってくれたようなんだけどさ」

その際、横尾氏は誰の声掛けにも一切答えず「見ない方がいいです見ない方がいいです見ない方がいいです」とうわごとのように「見ない方がいいです」を繰り返していたそうだ。

「箱は俺以外には見えないからさ、酔っぱらった高校生がうずくまるような姿勢で『見ない方がいいです』って言ってたら、大人たちはゲロでも吐きそうなんだと思うよね。そんでやれやれっつーことで俺を家まで運んだと。箱の中身？　いや、全然思い出せないんだよ」

彼の記憶は曖昧で、どんな見た目の箱であったのか、どうして箱を開けてしまったのか、中に何が入っていたのか、確かなことは一切覚えていないとのこと。

「ただまぁ『見ない方がいいモノ』ではあったんじゃないかな。意識が混濁してまでそんなこと言うぐらいなんだからさ。うん、だから神様なのかなんなのかも怪しいよね、なんかもっとろくでもない感じの何かだったのかも。そもそもアプローチが卑しいっていうか、箱になってうろちょろするとか、神様のソレじゃないもんね」

それからというもの、例の箱は一切現れなくなった。

祖父や父親に話すのも気が引け、結局、横尾氏は今に至るまで身内の誰にも「箱を開けたこと」を話していない。

「何かあったら『実は……』みたいな感じで話そうと思ってたんだけど、結局特別なことは起こってないんだ。うるさかった祖父さんも親父もとっくに亡くなったし、もうあれから四十年でしょ?」

言われてきたように「面倒なこと」が起こるなら、いい加減何かあってもいい。

「そう、人間の時間感覚で言えばそうなんだよね。だから俺も最早何かあるとは思えないんだけど、あの日まで自分にしか見えない『箱』を見ていたことも事実だから、そういう意味で不安は残るよ。神様とか、そういう存在の時間感覚なんてわかんないからね。四十年がつい最近みたいなアレだったら、こっからってこともあるだろうし……」

轢《ヒ》キ神《ガミ》

真白圭

沖縄県内のとある村で暮らす下地さんから、こんな話を聞かせて貰った。

昨年の六月下旬のことである。
残業で帰りが遅くなった下地さんは、自宅に向かって車を飛ばしていた。
彼の自宅は四方を山林に囲まれた村落にあり、通勤手段は車しかない。
外灯のない田舎道を、飛ばし気味で走っていると――
〈ドンッ!!〉と、いきなり地面から車体が跳ね上がった。
――しまった、何かを轢いた。
慌てて車を降りると、未舗装の道路上に〈あかまた〉が死骸となって伸びていた。
〈あかまた〉とは、沖縄や奄美諸島のほぼ全域に生息する大型の蛇のことである。

そして、下地さんが生まれ育った村では〈神様の使い〉と崇《あが》められていた。
（神の使いを殺したなんて、冗談にもならない……）
だが、轢いてしまったものは仕方がない。
せめて死骸を埋葬できないかと考えたが、それも難しそうだった。
道端の地面は柔らかいが、それでもシャベルがなくては穴も掘れない。
（今夜は一旦帰って、明日の朝、埋めに戻ろう）
〈あかまた〉の死骸を道端に寄せて、両手を合わせてから、その場を後にした。

その日の深夜、下地さんは〈ずるずる〉と天井が鳴る音で目を覚ました。
どうやら、やたらと大きな蛇が天井裏を這い回っているらしい。
下地さんの自宅は古い和式の平屋で、二階はない。
——瞬間的に、死骸となった〈あかまた〉の姿が脳裏に蘇った。
（まさか……あの蛇とは関係ないよな？）
さして迷信深い訳でもないが、〈神の使い〉を轢き殺したという自責の念はある。
その悔恨の想いが、下地さんの神経を過敏にし、また怯えさせてもいた。

間が悪いことに、その日は義父の命日で、妻は実家に帰っている。
すると、〈ずるずる〉とした音が止んで――
〈どさりっ！〉と、隣室の居間に何かが落ちる音がした。
そして今度は、畳の表面を擦る音が聞こえ始める。
ずるずる……ずるずるずる。
奇妙なことに、その音は下地さんがいる寝室を中心に、周囲を回転し始めた。
隣の居間から内廊下に移り、外庭に出て、また〈ずるずる〉と居間へ戻ってくる。
どうやら天井から落ちた蛇が、寝室の周りをぐるぐると徘徊しているようだ。
（――いや、そんな筈はない）と、冷静になって気がついた。
居間と廊下の間には襖があり、また屋内と外庭との境も外壁で隔てられている。
どれほど体の細い蛇だとしても、襖や壁をすり抜けられる訳がないのだ。
（これ……多分〈あかまた〉の祟りだな。死んだあの蛇が、追いかけて来たんだ）
そう思った瞬間、下地さんはその〈あかまた〉の姿を見たくて堪らなくなった。
もし、これが本当に祟りなのだとしたら、今更ジタバタしても仕方がない。
ならば、いっそのこと正面から対峙して、命乞いでもしようかと思っていた。

しかし、思い切って襖を開けてみると、そこに〈あかまた〉の姿はない。

いつの間にか〈ずるずる〉と鳴る音も止み、周囲は再び静寂に包まれていた。


翌朝、下地さんはシャベルを持って、〈あかまた〉を轢いた場所まで戻ってみた。

が、驚いたことに亡骸《なきがら》が見当たらない。

小一時間ほど道端や草叢の中を探ってみたが、やはり見つけることはできなかった。

(野生動物にでも持っていかれたか)と諦め、その足で近くにある神社へと赴くと、神主にすべての事情を打ち明けた。

すると、神主は「仕方ない。神様に取り成してみよう」と請け負ってくれた。

——祈祷が行われている間、下地さんは必死になって祭壇を拝んだ。

それは神様の使いである〈あかまた〉に対しての、心からの謝罪だった。

そのことが効を奏したのか、その後に不穏な出来事は起こっていないという。

ただ、——ほん少しだけ、気になることはある。

〈あかまた〉を轢き殺したあの晩から、何故か自宅で鼠《ねずみ》を見掛けなくなったのである。

これまで散々鼠害《そがい》に悩まされてきただけに、実に意外なことだった。

それと、もうひとつ。

朝晩、下地さんが〈あかまた〉を轢き殺した道路を通るごとに——〈ドンッ!〉と、必ず車体が跳ね上がるのだ。

が、確かめても道路上には何もなく、路面は至って平滑である。

(きっと……〈あかまた〉はまだ、俺を許していないなぁ)

座席から腰が浮くたびに、下地さんはそんなことを思うのだそうだ。

幸福な村

つくね乱蔵

今から五年前、紗江子さんは俊一さんと夫婦になった。

俊一と初めて会話を交わしたのは、社員旅行のバスの車内だ。

物静かで穏やかな男性という印象しかなかったのだが、旅行が終わる頃には忘れられない存在になっていた。

付き合い始めてから、紗江子さんは俊一の裕福な暮らしぶりに驚かされた。

浪費家というのではなく、幼い頃から身についた上品な金の使い方だ。

交際を始めて二ヶ月後、俊一は退職し、生まれ故郷の村で両親と共に農業を営むと言いだした。決して苦労はさせないから、一緒になって欲しいという。

自分に農家の嫁が務まるか不安だったが、俊一がいない生活は考えられない。

頷く以外の選択肢は無かった。

春になって間もない頃、紗江子さんは俊一と共に義父母の元へ向かった。

村のあちこちに残る雪、咲き始めた桃の花、どこからともなく聞こえてくるウグイス。

のどかな田舎そのものの風景に、心を癒やされながら紗江子さんは実家に到着した。

まだ肌寒い中、義父母は玄関先で待っていてくれた。

身構える必要は無いと俊一は言っていたが、さすがに少し緊張する。

その気持ちを察したのか、義父母は優しく微笑み、紗江子さんを招き入れた。

屋内に入ってすぐ、紗江子さんは隅々に溢れる品の良い贅沢に驚かされた。

外見は、ごく普通の民家なのだ。何かしら理由があって、このような家にしているのだろうか。俊一は紗江子さんの様子で察したのか、答を教えてくれた。

「この村の家は全部そうだよ。外見は地味なんだけど、家の中は凝りに凝っている」

高級な家具や調度品、骨董品をこれ見よがしに並べてあるわけではない。

どことなく佇まいの良い物が、さりげなく置かれているだけだ。

義母が煎れた紅茶のカップも、間違いなく格上の物であった。

なるほど、こういった家庭で育てられたから、あのような生活を営めたわけだ。

これから、自分もこの一員になれるのか。

紗江子さんは、己の幸運に感謝したという。


その日は帰るつもりでいたが、義父母に強く勧められ、宿泊することになった。

出された料理に舌鼓を打ち、総檜造りの風呂で伸び伸びと過ごし、羽毛布団でご褒美のような眠りについた。

お姫様のような待遇を受け、不安な要素は全て霧消した。

その日から丁度一ヶ月後、紗江子さんは花嫁衣装に身を包んでいた。


結婚してから三年目の冬、紗江子さんは女の子を産んだ。

女の子は希美と名付けられ、すくすくと育っていった。

お宮参りは、村の神社で行う。由緒正しい神社とのことだ。

清々しい空気に満ちた境内を粛々と歩いていく。

先頭は希美を抱いた俊一、その後ろに紗江子さんが続く。

少し離れて義父母がついてくる。社の中では、神主が待ち構えていた。

鋭く吊り上がった刺々しい目と、薄い唇が印象的な顔だ。

その顔を見た瞬間、紗江子さんは妙な感覚に囚われた。

この神主さん、以前に会ったことがある。

どこで会ったんだろう。気のせいではない。絶対会っている。

いつだ。いつ会ったんだ。記憶を探っているうち、神主の祝詞が始まった。

ほら、この祝詞にも聞き覚えがある。

その時、私は何をしていたっけ。何かとても嫌な目に遭った気がする。

こめかみが疼《うず》く。破裂しそうなぐらい疼く。何か大切なことを思いだそうとしている。

様子に気づいた俊一が、心配そうに顔を覗き込んできた。

祝詞の間は口をきいてはならないと言われている。作り笑顔を返し、紗江子さんは必死で耐えた。悪阻《つわり》のように、断続的に吐き気が襲ってくる。

何とか無事に儀式が終わり、紗江子さんは厠《かわや》に急いだ。

便器を抱え込み、嘔吐しようとしたが何も出て来ない。

また疼きだしたこめかみに恐る恐る触れた途端、辺りに赤ん坊の泣き声が溢れた。

遠くで、耳元で、目の前で、背後で。ありとあらゆる方向から聞こえてくる。

激しく泣き叫ぶその声が、紗江子さんの記憶を引きずり出した。

思い出した。これは私の赤ちゃんの泣き声だ。

新婚二年目の春に産まれた長男だ。産院ではなく、自宅で出産した。いや、させられたんだ。私は設備の整った産院に行きたいと何度も頼んだのに、無視された。

村の助産婦さんが取り上げてくれた。皺だらけの小さなお婆さんなのに、物凄く力が強かったのを覚えている。

産まれた子を見て、俊一も義父母も歓声をあげて喜んでくれた。

名前はどうするのと訊いたら、俊一は目を細めて笑いながら、僕らは名前を付けられないんだよと答えたんだ。

そういうものなのかと納得したんだっけ。

ああそうだ。私、あの子を一度も抱いてない。顔すら見せてもらってない。

なんで忘れていたんだろう。母乳だって出ていたはずなのに。

赤ん坊の泣き声が更に大きくなった。俊一の耳にも届いているはずなのに、誰も来ない。

ふらつきながら祈祷所に戻ると、俊一と義父母は神主と何か話し合っていた。

「あ、お帰り。どう？　大丈夫？」

何を訊いていいか分からず、紗江子さんは頭に浮かんだ言葉を叫んだ。

「私の赤ちゃんはどこ」

「希美なら母さんが抱いてるよ」

「違う。私の最初の子。男の子！」

祈祷所を沈黙が包んだ。

「ねえ、どこなの。私、一度も抱いてないよ」

俊一も義父母も苦虫を噛み潰したような顔で黙り込んでいる。

薄い笑みを浮かべた神主が、穏やかな声で言った。

「貴方の赤ちゃんではありませんよ。神様の子です」

俊一が続ける。

「一人目の子は神様に戻すんだ。それがこの村の掟なんだ。そうすることで、神様の御寵愛を受けられる。大丈夫、あの子は神様になれたから幸せだよ。そうして僕たちも幸せにしてくれる」

ああそうですか、などと言えるわけがない。

紗江子さんは唸《うな》り声をあげながら、俊一に殴りかかった。
止めに入る義父に噛みつき、義母に唾を吐きかける。
神主に向かって、人殺しと怒鳴り、祭壇を破壊する。
いよいよ赤ん坊の泣き声が大きくなる。
何故か希美だけが機嫌良く笑っている。
そこで意識が途切れた。最後に見たのは、俊一の冷たい目だった。

紗江子さんは、いつもの布団の中で目覚めた。
遠くで希美と俊一の声がする。祈祷所での出来事を反芻《はんすう》してみる。
そうか。それで産院を使わなかったんだな。
産婆さんも知っててやってるな。村全体の掟とか言ってたもんね。
名前を付けられないのも、そのせいか。
さて、どうしよう。
紗江子さんは、己の下腹部を撫でながら考えた。
長い時が流れ、ようやく結論が出た。

結局、紗江子さんは俊一と共に人生を歩むことにした。
警察に通報することも考えたが、証拠が何一つ残っていない。
希美の今後の生活のためにも、この家から離れられない。
ただ、今後の計画は練ってあるという。
希美が小学校に入学する直前に、遠く離れた土地へ逃げ出す。
母娘二人で暮らしていくだけの資金は、闇金で借りる。
担保にするのは、この家だ。土地も家屋も全て売り飛ばす。
贅沢をしなければ、かなり先まで暮らしていけるだろう。
俊一や義父母がどうなろうと知ったことではない。
そう決めたのだという。

最近になって、紗江子さんから一度だけ連絡があった。
最初の子に翔太という名前をつけたそうだ。小さいけれど、墓もあるらしい。
準備が整ったので、来週には海外へ旅立つとのことだった。

凍死の家系

中縞虎徹

怖い話？　幽霊とかそういうこと？　いやぁ、お化けなんて見たことないよ、ええ？　もっとゆるくてもいいの？　ああ、妙な話ねぇ、まぁ、あるって言えばあるかな。うん、不思議な話というか、由来のある偶然みたいな？　そういう話。

あーどこから話したらいいんだろう、うちのね、曽祖父にあたる人物が明治の頃に地元を離れて北海道に行ったらしいんだよね。移民？　移住？　まぁ何人かで連れ立ってね。もともと貧しかったんだと思うよ、家も土地も財産らしいものなんて無かったから新天地を求めたんだろう。土地を開拓してどうにか財産を築こうとしたんじゃないか。

それでね、北海道で何年かは頑張ったみたいなんだけど、なんか色々あったっぽいんだ。自然環境は過酷だし、色んな所から色んな人達が来てるから、広い土地とはいえ競争みたいなものにも揉まれて、結局出戻りっていうか、自分たちである程度開拓した土地を放棄して地元に帰って来たんだよね。

でも帰って来たところでもともと無一文だったわけで、何なら寒いところで苦労した後に引き上げてきたんだからマイナスっていうか、行く前よりも状況は悪くなってた。

結局どうなったかっていうと大きな町場から大分離れた村の更に奥地、斜面に木が生えているだけの土地に住み着くしかなかった。うん、つまり地元でも誰も住んでいないようなところを開墾していくことになったんだ。

今はもちろん道路も舗装されて電気も水道も通ってるけど、当時はホントなにもない場所で、人よりも熊だの野犬だの獣の方が多くって大変だったって話だよ。

ああいや、ここまでは前提の話でね。不思議っていうか、妙っていうか、そういう話としてはここからなんだ。

人の住んでない土地を開いていくわけだから、北海道じゃなくてもキツイわけだよね。

ただ曽祖父たちは何だかんだで後がないわけで、覚悟決めて取り組んだ結果、徐々に後続の人達も現れて、うちの祖父が子供の頃には集落としてそこそこ機能するぐらいにはなった。

そこから更に時代が下って、戦争も終わって、祖父が家の大黒柱になった頃、曽祖父が亡くなったんだ。

今と違って日本人の寿命がまだ短かった頃だから、六十前後で亡くなったそうなんだけど、その死に方がね、布団の中で凍ってたっていう。

もちろん大分昔の話だし多少大袈裟になってるのかも知れないよ、でも祖父の弁によれば本当にカチコチになってたらしくてね。

もっとも高断熱高気密なんていう住宅じゃないし、隙間風の吹く掘っ立て小屋みたいなところに住んでたわけだから、気を付けなきゃ家の中でも凍えることはあったんだろう。

それにしてもまさか布団の中で凍ってるなんて祖父も思わなかったみたいで、ものすごく驚いたらしい。

で、その祖父もさ、実は俺が子供の頃に家の座敷で死んでたんだよ。

ほんと、亡くなる何十分か前までピンピンしてたのに、そういえば物音しないなって気付いたうちの父親が探してみたら座敷で立ったまま柱にもたれかかるようにして冷たくなってた。

父の話では真夏なのに体が異常に冷たかったたって、殆ど凍ってるみたいだったたって。

曽祖父の話は父も聞いてたから、思うところあったみたいでね。いや、その頃には電気も水道も通ってたし、近所には俺が通うことになる分校なんかもできてたから、始まった頃の開拓集落っていう感じじゃなくなってて、自分で言うのもあれだけど、うちの実家も曽祖父が亡くなった頃のような粗末な家ではなかったんだよ。

だから心臓とか何とかの兼ね合いで急死することはあっても、そんなね、急に凍ってるみたいに冷たくなるなんてことは考えられないんだよな。

そっからまた暫くして、俺が社会人になった頃、家の墓を移すとか何とかで法要があった日に「祖父さんは北海道で手を出しちゃダメな土地に手を出して戻ってくることになったんだ」って、父がそんなことを喋り始めてさ、この場合の祖父さんは俺にとっては曽祖父のことね。

どうも何か神聖な謂れがあって誰も手を出さなかった土地を、手付かずをいいことに徒党を組んで開拓しまくったらしくてね、その関係で悶着があって北海道から引き上げてきたってのが出戻りの真相だったようだ。

いや詳しいことは全然わかんない。父もずっと昔、曽祖父と北海道に渡った世代の生き残りがいた頃に小声で聞かされただけだって言ってた。

祖父はもう少し何か知ってたのかもしれないけど、ようは自分の親が悪さしたって話だしね、大きな声で話せるようなものじゃなかったんだろうね。

そんなこんなで、リーダー格だった曽祖父がその因縁をこっちにまで持ち帰ってきたせいで凍って死んで、その因縁がまだ生きてるから祖父も変な死に方して、となると自分も恐らく似たような死に方になるんじゃないかって、もしそうなった時は頼むぞってさ、そんな話。

もう時代は平成だったから、何を馬鹿馬鹿しいって思ったけど、父はね、それから数年後に庭で凍死してた。

母親の話ではいつも通り寝室で床についたのに、夜のうちにいつの間にか庭に出たようでね、庭石に腰かけたまま顔上げて死んでた。

何でそんなことしたのか俺もさっぱりわかんないんだ。普通に考えれば自殺だけど、動機が見当たらないもんで事故みたいな扱いになったよ。

うん、全部は昔からの伝聞で全く定かではないんだけどね。俺が言えるのはうちは三代前から長男が凍ったように冷たくなって死んでて、親父に至っては死因がハッキリ凍死っていうね、そういうのが続いてる。

そうだねえ、まぁほら、遺伝的な癌家系とか糖尿家系とかあるじゃない？

うちは凍死家系ってことなのかな？　あはは、この場合遺伝っていうよりも因縁とか祟りみたいなのを継承してるってことなのかも、いやいや、冗談だよ。

ただ何だかわからない妙な死に方に、それっぽい由来がくっ付いてるってだけの話でね、理解の仕方なんて人それぞれだけど。

俺？　あー、うーん、そうだな、だからこの場合、俺も同じように不可解に冷たく、あるいは親父のように明確に凍死って形で死んでしまったのならさすがに何かあるって考えなきゃならないんじゃないの？　二度あることはじゃないけど、既に三度はあるわけで、それが四度になったら、ねぇ。

この話、うちの息子にも冗談めかして軽く話してはいるんだけど、シリアスな状況としては伝えてないから、うん、そうだね、今後も続く可能性とか考えるならもう少しきちんと言っとかないとダメかもね。伝え方難しいけど、そうだね、うん。

ある村の地蔵

黒木あるじ

詳しい所在は明かせない。東日本にある山村——とだけ伝えるに留めたい。

その村には一体の地蔵があった。寺の境内に置かれているわけでもお堂に祀られているわけでもない。畔《あぜ》の隅《すみ》にいつからともなく立っていた、いわゆる野仏である。

この地蔵を村の者はそろって年に一度だけ参拝する。日付は詳らかにできないが、夏の盛りである。供物や花香はいっさいなく、みなで手を合わせてひたすらに拝む。

それが、昔からの慣わしになっている。

半世紀ほど前、参拝が取りやめになった年がある。

おりあしく村長選挙の時期と参拝が被ってしまったために「各候補の支持者が一堂に会するのは如何《いかが》なものか」との意見が出たため、なりゆきで中止になったのだという。

結果、翌日から村では人死にが続けて出た。

一週間で七人死んだ。

慌てて村人全員、それこそ選挙に出馬した候補まで首をそろえて地蔵のもとに集まり、非礼を一心に詫びた。そのおかげだろうか、ようやく三日後に亡くなる者は絶えた。

以来、いまも参拝は続いている。


この話を語ってくれたのは、来年で傘寿になる男性である。

現在、村には彼を含め住人が数名、二桁に満たない戸数しか残っていない。

「たぶん遠からず参拝はできなくなるでしょう。そのとき地蔵がどうなるのか。村の者に向けられていた怨みがどこへ行くのか——それがすこし気掛かりです」

この原稿を書いている途中、くだんの男性より連絡が入った。

過疎と高齢につき、今年の参拝を取りやめることが決まった——との報せだった。

年に一度のその日まで、あと半年。なにも起きないことを願うばかりだが、まんがいち変事が発生した際は、読者諸兄姉に続報をお伝えしたいと思っている。

生死を問わず

つくね乱蔵

一昨年《おととし》の五月、須藤さんは生まれ故郷の村に戻った。

新型コロナの影響で勤めていた店が倒産し、無職になってしまったのだ。

故郷を出たのは二十五年前、大学生になった時である。

卒業してからは仕事が忙しく、帰省するのは正月の三日間程度だった。

既に父は亡くなり、母が一人で暮らしている。母は、ゆっくりすればいいよと言ってくれた。

幸いにも、しばらく暮らしていけるだけの蓄えはある。

なんならこのまま、自分の店を立ち上げてもいいぐらいの気持ちになっていた。

今まで出来なかった親孝行をしながら、当面は田舎暮らしを愉しむつもりだ。

先ずは釣りだ。十二歳の夏に始めた釣りは、生涯の趣味になっている。

少年の頃の自分に戻り、初めて釣り糸を垂らした小川に行こう。

須藤さんは釣り道具を手入れしながら、期待に胸を膨らませた。


村に戻って四日目、朝から快晴である。

磨き上げた釣り道具を車に積み、須藤さんは懐かしい小川に向かった。

村のあちこちに染みついている思い出を確かめながら進んで行く。

さすがに小学校は新しくなっているが、それ以外は殆ど昔のままだ。

やはり故郷は良い。何から何まで優しく、温かい。

少し涙ぐみながら、須藤さんは小川に着いた。ここも景色は変わっていない。

車を降りて川沿いに歩き、いつもの釣り場に向かう。あの大きな木を目印にして、しばらく行くと対岸に家があるはずだ。

ああそうだった、家があるんだ。家というか、掘っ建て小屋というか。

嫌なことを思い出してしまった。あの家には、金森という一家が住んでいた。

親や大人達からは、近寄ってはならない家だと言われていた。

夫婦、老女、女の子の四人家族だ。

女の子は小学生。明美という名前で、須藤さんと同じクラスにいた。

明美はクラス全員、いや学校全体から無視されていた。

誰一人、会話どころか近づこうともしない。先生も見て見ぬふりをしていた。

須藤さんは、とりあえず仲間に合わせてはいたが、孤立している明美を見る度に心が痛んだという。

散々悩んだ末、須藤さんは思い切って両親に相談した。

イジメを見過ごしたくない、何とかしてあげたい。

そう訴えると、両親は渋い顔で村八分という言葉を教えてくれた。

簡単に言うと、村社会から仲間外れにされることだ。

あの家族は、私らとは違う人達だ。文化や習慣が異なると色々と厄介な事が起きる。

だから村八分にした。正義感で明美とかいう子をかばったら、お前も学校で一人ぼっちになるし、下手をすると私ら家族も村八分になる。

そう言われて、須藤さんは助けることを諦めた。

自分と家族を犠牲にするなど、とんでもないことだ。

結局、明美は三年間で学校から消えた。最後の最後まで孤立していた。

その金森の家が小川の近くにあった。

今は亡き金森の祖父が、自力で建てたものだと言われている。

土地の所有者が曖昧な場所のため、誰も注意する者がいないのを良いことに、そのまま住み着いたらしい。

釣り場に向かう途中、須藤さんは何度か明美を見たことがあった。

何か分からないが、動物の皮を剥いでいたのを覚えている。


当時の情景を鮮明に思い出しながら、須藤さんは歩を進めていった。

大きな木を越え、しばらく歩くと金森の家が見えてきた。

何十年も経っているのに、当時と全く同じように見える。

何となく目を離せずにいると、家の戸が開き、誰かが出てきた。

「嘘だろ」

思わず声が漏れた。出てきたのは、おかっぱ頭の少女だ。

薄汚れた白いシャツと黒いスカート。間違いない。明美である。

明美は、軒先に張られたロープに洗濯物を干し始めた。

少し猫背気味の歩き方も、あの当時に見た明美そのものだ。

再び家の戸が開き、母親らしき女性が出てきた。明美に何事か言い残し、家の裏に歩いていく。

いったい何が起こっているのだろう。得体の知れない恐怖に襲われ、須藤さんは釣りを諦めて自宅に戻った。

笑われるのを承知の上で、見たままを母に告げる。

意外にも母は真面目な顔で聞いてくれた。不安そうな須藤さんを優しく見つめ、母は話し始めた。

「あんたが子供だったから、言ってなかったんだけどね。明美って子、学校に来なくなったでしょ。あの頃に金森の家は一家心中してるのよ。全員が首吊って死んだ」

呆然と聞いている須藤さんに、母は淡々と話を続けた。

「けどね、今もあの家で金森の一家は暮らしてるの。この村の人は全員が知ってる。もう何人も見てる。でも、お祓いとかはやらない」

須藤さんは、その理由を訊いた。

「だって、金森の家は村八分だから。たとえ死んでもそれは変わらない。無いものは無いのよ」

その後、須藤さんは何度も釣りに行った。魚影が濃く、今でも良い釣り場のままだ。

金森の家は無視して進む。

無いものは無いのだ。

初出一覧

人間ではない――つくね乱蔵（書き下ろし）
隠蔽――鶴乃大助（書き下ろし）
かみながし――黒木あるじ（書き下ろし）
女の子の思い出――中縞虎徹（書き下ろし）
くだぎつね――真白 圭（書き下ろし）
鍵のかけ忘れにご用心――鶴乃大助（書き下ろし）
岐阜の石舞台――戸神重明（書き下ろし）
亜炭――真白 圭（書き下ろし）
昔は割と出てたやつ――中縞虎徹（書き下ろし）
鬼祭――黒木あるじ（怪談実話 屍）
対決――つくね乱蔵怪談四十九夜 地獄蝶）
キメラ――黒 史郎（実話怪談 闇の舌）
巻き戻し――神 薫（怪談四十九夜 埋骨）
ちゃんかちゃんか――小田イ輔（怪談奇聞 祟リ喰イ）
もろいののじちゃ――黒木あるじ（怪談四十九夜 荼毘）
鬼女と山姥――神 薫（怪談四十九夜 荼毘）
雪かき――つくね乱蔵（恐怖箱 蛇苺）
お祭り――黒 史郎（恐怖箱 蛇苺）
旅館の少年――戸神重明（書き下ろし）
多頭飼い――内藤 駆（書き下ろし）
埼玉北部弁の女――戸神重明（書き下ろし）
狐と鶴――卯ちり（書き下ろし）
もう一つの神社――内藤 駆（書き下ろし）
どっちが狸――黒木あるじ（書き下ろし）
スコールのあと――卯ちり（書き下ろし）
古写真の女――丸山政也（書き下ろし）
シロギツネ――黒 史郎（実話蒐集録 漆黒怪談）
消滅の森――つくね乱蔵（恐怖箱 厭熱）
顔膜隧道――神沼三平太（実話怪談 毒気草）
逆シミュラクラ――神 薫（怪談四十九夜 鎮魂）
空き家の女の子――小田イ輔（怪談奇聞 祟リ喰イ）
御影石――神沼三平太（実話怪談 寒気草）
いくつ子――神 薫（怪談四十九夜 断末魔）
山の井戸――神沼三平太（実話怪談 寒気草）
実はその家――黒木あるじ（怪談四十九夜 荼毘）
赤いゼリー――真白 圭（怪談四十九夜 鎮魂）
満月――黒木あるじ（怪談実話 叫）
無差別――つくね乱蔵（恐怖箱 厭獄）
箱――中縞虎徹（書き下ろし）
轢キ神――真白 圭（書き下ろし）
幸福な村――つくね乱蔵（書き下ろし）
凍死の家系――中縞虎徹（書き下ろし）
ある村の地蔵――黒木あるじ（書き下ろし）
生死を問わず――つくね乱蔵（書き下ろし）

著者紹介

黒木あるじ（くろき・あるじ）

「怪談実話」「怪談怖気帳」「黒木魔奇録」「無惨百物語」各シリーズ、『春のたましい 神祓いの記』『山形怪談』など。共著に「怪談四十九夜」「瞬殺怪談」「奥羽怪談」「怪談百番」各シリーズなど。

卯ちり（うちり）

秋田県出身。2019年より怪談の蒐集を開始し、執筆と怪談語りの双方で活動。共著に『呪術怪談』『奥羽怪談 鬼多國ノ怪』『実話奇彩 怪談散華』『秋田怪談』など。

小田イ輔（おだ・いすけ）

『FKB饗宴5』にてデビュー。『小田イ輔実話怪談自選集魔穴』「実話コレクション」「怪談奇聞」各シリーズなど。共著に「怪談四十九夜」「瞬殺怪談」「奥羽怪談」「怪談百番」各シリーズなど。

神 薫（じん・かおる）

現役の眼科医。『怪談女医 閉鎖病棟奇譚』で単著デビュー。『怨念怪談 葬難』『骸拾い』『静岡怪談』など。共著に「怪談四十九夜」「瞬殺怪談」各シリーズ、『病院の怖い話』など。

神沼三平太（かみぬま・さんぺいた）

大学や専門学校で非常勤講師として教鞭を取る一方で、全国津々浦々での怪異体験を幅広く蒐集する。『怪奇異聞帖 地獄ねぐら』『実話怪談 揺籃蒐』『甲州怪談』『湘南怪談』『千粒怪談 雑穢』など。共著に「恐怖箱 百物語」シリーズなど。

黒 史郎（くろ・しろう）

小説家として活動する傍ら、実話怪談も多く手掛ける。「黒異譚」「実話蒐集録」「異界怪談」各シリーズ、『横浜怪談』『川崎怪談』など。共著に「怪談四十九夜」シリーズなど。

つくね乱蔵（つくね・らんぞう）

1959年福井県生まれ、現在は滋賀県在住。実話怪談大会「超-1／2007年度大会」でデビュー。2012

年の初単著『厭怪』で厭という概念を産みだした。以降、厭系怪談の開祖として数々の単著や共著を発表。近刊は『血反吐怪談』

鶴乃大助（つるの・だいすけ）

怪談好きが高じて、イタコやカミサマといった地元のシャーマンと交流を持つ。弘前乃怪実行委員会メンバーであり、津軽弁による怪談イベントなどを県内外で精力的に行う。共著に『秋田怪談』『青森怪談 弘前乃怪』など。

戸神重明（とがみ・しげあき）

群馬県出身在住。怪談イベント「高崎怪談会」を主催。「怪談標本箱」シリーズ、『里沼怪談』『幽山鬼談』『いきもの怪談 呪鳴』『上毛鬼談 群魔』『群馬百物語 怪談かるた』など。共著に『新潟怪談』『群馬怪談 怨ノ城』など。

内藤 駆（ないとう・かける）

ホラー映画、ホラーゲーム、怖い話（実話、創作共に）、怖い絵と夜のランニングが好きな男。書き溜めた実話怪談を編集部に持ち込み拾われた。『恐怖箱 夜泣怪談』『夜行怪談』『異形連夜 禍つ神』など。

中縞虎徹（なかじま・こてつ）

宮城県出身。幼少の頃より怪談話に親しみ、気付けば怪異譚の蒐集癖を持つ人間に成長していた。会社員として働く傍ら、妙な話を求めて東奔西走する日々を送っている。著書に『怪談蒐集癖 凶禍の音』など。

真白 圭（ましろ・けい）

新潟県生まれ。東京理科大学大学院修了。第4回「幽」怪談実話コンテスト佳作入選後、本格的に怪談収集を始める。「実話怪事記」シリーズ、『生贄怪談』『暗黒百物語 骸』など。

丸山政也（まるやま・まさや）

２０１１年「もうひとりのダイアナ」で第３回『幽』怪談実話コンテスト大賞受賞。「奇譚百物語」「信州怪談」各シリーズ、『怪談心中』『怪談実話 死神は招くよ』『恐怖実話 奇想怪談』など。

★読者アンケートのお願い

本書のご感想をお寄せください。
アンケートをお寄せいただきました方から抽選で
5 名様に図書カードを差し上げます。
締切：2025 年 3 月 31 日まで）

応募フォームはこちら

村の怖い話

2025年3月7日　初版第1刷発行

著者…………… 黒木あるじ、卯ちり、小田イ輔、神 薫、神沼三平太、黒史郎、つくね乱蔵
……………………………… 鶴乃大助、戸神重明、内藤 駆、中縞虎徹、真白 圭、丸山政也
デザイン・DTP ……………………………………………………………………… 延澤 武
企画・編集 …………………………………………………………………… Studio DARA

発行所…………………………………………………………………… 株式会社 竹書房
〒102-0075　東京都千代田区三番町８－１　三番町東急ビル６F
email：info@takeshobo.co.jp
https：//www.takeshobo.co.jp
印刷所……………………………………………………………… 中央精版印刷株式会社